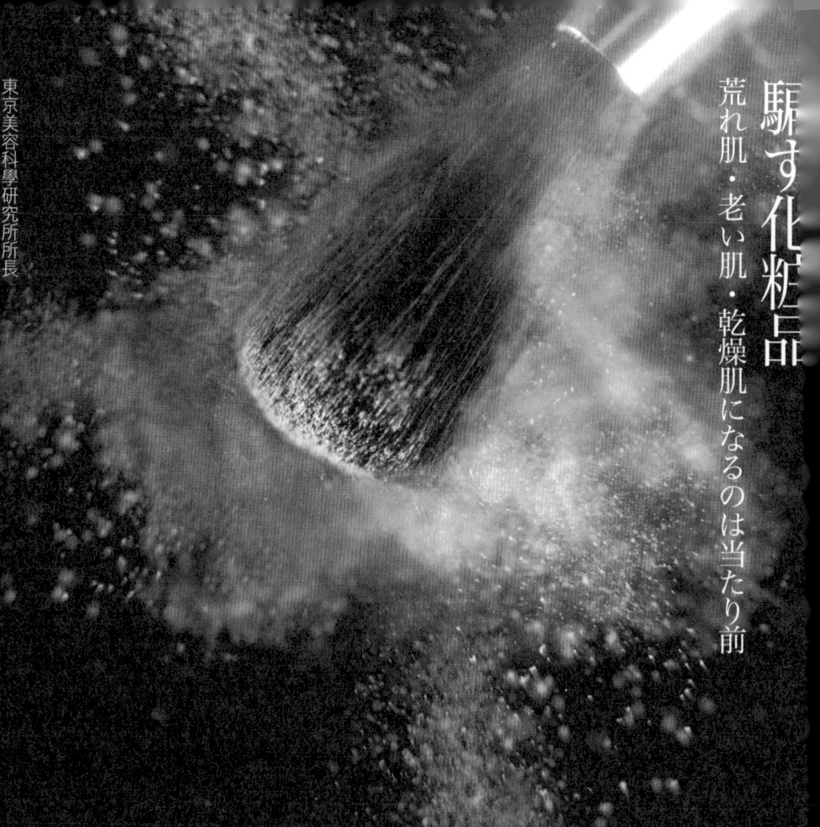

騙す化粧品

荒れ肌・老い肌・乾燥肌になるのは当たり前

東京美容科學研究所所長
小澤王春
連雪雅 譯

騙人的化妝品

天然油脂與合成油脂的比較

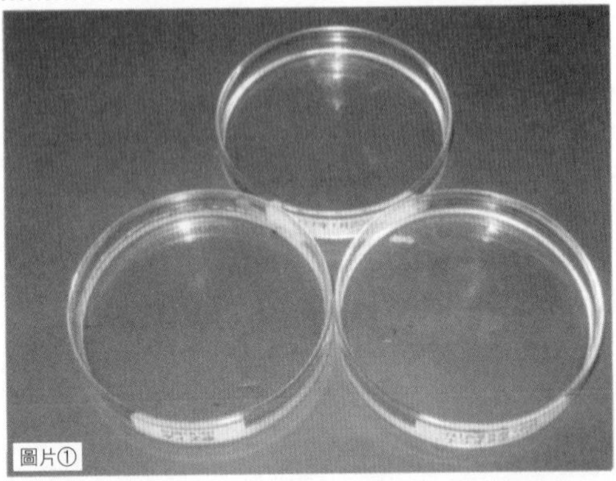

圖片①

圖片①：為各油劑開封後靜置的情況。
前方左：大豆油
前方右：合成酯（Triethylhexanoin）（舊稱三辛酸甘油酯；Trioctanoin）
後方：辛酸／癸酸三甘油酯（caprylic／capric triglyceride）
上圖是筆者將大豆油、合成酯靜置於空氣中二年十個月，辛酸／癸酸三甘油酯靜置二年二個月後的情況。三種油劑中只有大豆油氧化變黃，其餘兩種合成油脂皆未氧化或腐敗。也只有自然油脂的大豆油出現異臭。另外兩種合成油脂都沒有變化。

圖片②

左圖是將氫氧化鈉製成聚丙烯酸(2%)水溶液，再用梔子色素(梔子黃)著色後以刷毛塗在燒杯的杯壁、使其乾燥。
聚丙烯酸形成的薄膜緊貼於杯壁，就算用小刀刮也無法刮除。

超驚人！合成聚合物的黏著力

合成聚合物會助長界面活性力

圖片③：90cc的水＋10cc大豆油，以1g的水添卵磷脂乳化。
上方出現一層薄且透明的油脂分離層。

圖片④：70 cc的水＋30cc大豆油，以1g的水添卵磷脂乳化。
上方出現很明顯的分離層。

圖片⑤：在圖片③的燒杯內加入1.8g的聚丙烯酸（氫氧化鈉水溶液）後攪拌。
形成完美的乳化狀態。

照片⑥：在圖片④的燒杯內加入1.8g的聚丙烯酸（氫氧化鈉水溶液）後攪拌。
形成完美的乳化狀態。

植物原料還能這樣用！

自來水或游泳池為了進行消毒都會添加殺菌用的氯劑。殘留在水中的氯又分為兩種，一種會與碳、氫等物質結合，另一種則完全不與其他物質結合，是種單體游離殘留氯。

游離殘留氯是不穩定的物質，它對人體的皮膚及毛髮會造成不良影響。持續接受這種氯的危害將使皮膚變成乾性肌膚或過敏性肌膚，頭髮失去光澤，髮質變得乾燥易損。

以下是筆者進行的實驗。

1.將游泳池的水倒入燒杯內（圖片⑦）。

2.滴入餘氯測定液（只要水中含氯就會變成黃色）。結果發現水變成黃色，因此可知水中含氯（照片⑧）。

3.準備五家公司的化妝水，滴入二～三滴後攪拌。

4.結果，僅T公司化妝水的燒杯變成透明無色（照片⑨）。

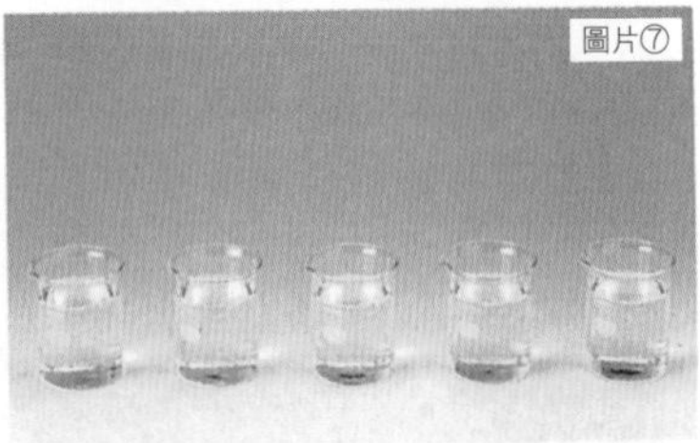
圖片⑦

圖片⑧

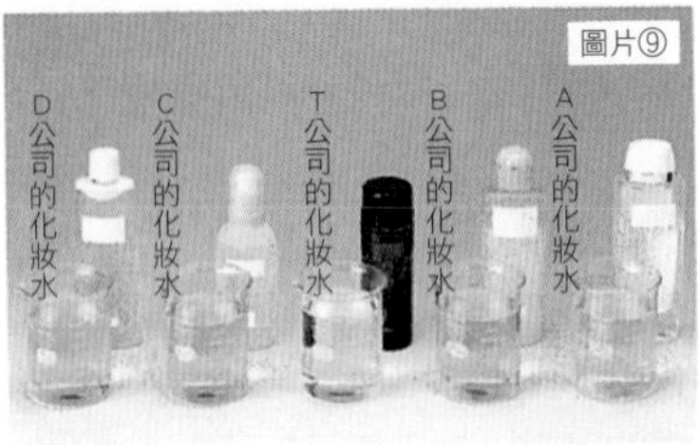

圖片⑨

為什麼只有T公司的化妝水沒有變黃呢？筆者調查各公司化妝水的成分後發現，T公司的化妝水添加了單寧酸（五倍子單寧酸）。單寧酸是植物中所含的多酚，具有極高的還原性，它使游泳池水中的游離殘留氯變得安全。單寧酸可做為強化皮膚表皮的收斂劑，也可當成天然的紫外線吸收劑。

根據這個原理，身體可使用柿葉茶或綠茶的溶出液，臉部使用化妝水。

目錄 ⊙ CONTENTS

目錄 ⊙ CONTENTS

推薦序

化妝品成分的眞相

當出版社把日本美容科學評論家小澤王春所寫的《騙人的化妝品》一書的內容傳給我看，並找我為這本書寫序時，乍看書名還真是嚇了一大跳，因為去年才因緣際會到日本一些化妝品廠參觀、研習，並有幸與瑞士活細胞之父Paul Niehans的研發團隊親自討教。此時的我，也正在專研化妝品的研發及製造，所以心中實在很矛盾、掙扎，尤其身為皮膚科醫師的我，常常教育民眾要如何保養肌膚，正確使用化妝品、保養品，現在此書的論調卻大膽直述許多化妝品（含保養品）的缺點與副作用，我想一定讓許多使用化妝品的愛好者跌破眼鏡。

本書作者小澤王春揭發了不少日本化妝品業界包含許多知名大廠的醜陋真相，也發表了顛覆傳統的觀念，把化妝品批判得一文不值。認為只要使用化妝品就一定會對皮膚或多或少造成傷害，化妝品是塗抹在皮膚表面的物品，它不會滲透至皮膚內，若要滲透至皮膚內，化妝品都必須先破壞維持皮膚健康的系統才能達到效果，然而破壞皮膚的防護層就會縮短皮膚壽命。作者也認為化妝品添加的成分中，尤以不同型態出現的化妝品成分之王——界面活性劑對肌膚的傷害最大，尤其產品要愈有效，對肌膚的破壞就要愈大，才能有如同廣告詞中所說的「美麗假象」的效果。另外，本書也會讓妳知道哪些是會對皮膚產生毒性的成分、會破壞皮膚防護層的成分、會溶解或腐蝕蛋白質的成分、會破壞皮膚生態的成分等實用的知識。

本書分為六大章節：第一章強調越早開始化妝，皮膚老化得越快。「使用了化妝品的皮膚」並不是你真正的皮膚。「完全不使用化妝品的皮膚」才是真正的皮膚。第二章不要輕信化妝品的廣告，即便是知名大企業的廣告也是如此。第三章說明自然化妝品根本不存在！第四章植物萃取就是安全的嗎？大部分的植物精華，其安全性至今仍未獲得明確證實。第五章管它天然或合成，只要是界面活性劑就是有害，界面活性劑就是這麼「善變」的成分。界面活性劑會依其濃度、併用種類、親水力等產生不同的危險性。第六章藥妝品的疑義，各位不要對藥妝品抱以期待，其實藥妝品只是徒有其名，它只是可添加極少部分的高毒性成分，因此相較於化妝品，藥妝品的危險性更高。

反觀台灣一般化妝品都免去了審查的步驟，往往都是產品出了問題送驗才知道有違法添加物。民眾似乎只要求有品牌、好用、不刺激、質感好，最好能有斑除斑、有痘治痘、皮膚太乾便需要加強保溼改善皺紋的立即見效ALL IN ONE產品。卻完全忽略了長期使用此類產品可能會產生的副作用與傷害！例如：皮膚可能會變得太過敏感或皮膚的抵抗力因而降低，以致引起皮膚炎、皮膚過敏、手部溼疹、臉部長痘子，甚至形成皮膚癌。

許多達人及專家大聲疾呼要教導民眾從書面資料去認識商品成分或是分辨商品好壞，其實是不容易做到的。因為化妝品的添加物何其多，如洗淨劑、滲透劑、水助溶劑、乳化劑、防靜電劑、柔軟劑等，非化工專業或相關產業者根本看不懂。而台灣自二〇〇二年五月起，也開始了化妝品「全成分標示」的規定。但比較令人擔心的是，全成分標示有多少人會注意及看得懂。如果我們不了解那些名稱，即使有此種制度也無濟於事。甚至某些被添加的微量物質也會嚴重影響健康，卻未被標示出來，應該也要重視。如化妝品的成分中有許多是環境賀爾蒙，為一種潛在毒性，但是它們往往不需要標示。然而引起化妝品不良反應的原因有很多，包括消費者本身的膚質、化妝品原料導致的反應或刺激、衛生品質不合格，說明書誇大不實等，都會造成消費者選擇化妝品不當或使用不當。

然而化妝品的真相就是化妝品是良心事業，一個優良有信譽的廠商應負的社會責任，必須針對產品容易引發有害或中毒症狀的「指定成分」做出明確標示，並對產品的安全性做長期評估。尤其化妝品在現今生活中仍然是許多人不可或缺的必須品，所以如何改善及減少短期或長期對肌膚的傷害才是當務之急。

化妝品其實也不是那麼可怕，我想本文的論述旨在提醒廣大的消費者對於化妝品的選擇與使用要多加小心，免得失了面子也失了裡子。現在台灣的化妝品科技十分進步，在衛生署、消基會及民間監督聯盟的把關下，業者需要不斷的創新研究與改良，如何使產品有效、質感好並把對肌膚的傷害降到最低，讓消費者使用的安心才是王道。

中華民國美容教育學會理事長暨趙昭明皮膚科診所院長

趙昭明　于二〇一〇年四月十二日

前言 請勿過度相信化妝品業界的偽科學！

請比較看看身體與臉部的皮膚，你覺得哪個部位比較漂亮呢？大部分的人都會認為是身體。尤其是四十歲以上的人更能認同衣服對皮膚有多大的保護作用。

此外，若是家中有養狗或貓的話，請觀察牠們毛下的肌膚。這麼一來，你就會發現受到毛髮保護的肌膚是多麼地乾淨漂亮。

人類在進化的過程中，體毛也隨之退化。體毛退化後使原先體味較重的頂泌腺（編按：汗腺的一種，多分布於腋下、外陰部、外耳道、胸部等部位，因分泌帶有蛋白質及脂肪，容易滋生細菌，產生臭味）變成無氣味的內泌腺。因此，人類才沒有像狗那樣有著強烈的體味，但也因為少了體毛這層保護，反而加速了皮膚的老化。

自古以來，人類為了保護經常受到日曬、無法被衣物遮蔽的皮膚煞費苦心。化妝水、乳液、乳霜等基礎化妝品（編按：本書內文所指的化妝品也含括保養品在內）就是人類為了保護皮膚努力創造出來的成果。

體毛退化的人類為了保護皮膚會分泌出更多的油脂，但卻非長久之計。因為女性超過二十歲後，皮膚的油脂分泌量會比男性驟減許多，這也是為什麼大部分的基礎化妝品是以女性為對象的原因了。

然而，隨著文化的發展進步，人類過度重視皮膚清潔的結果，造成過敏、皮膚乾燥的現象，更因化妝品業者間的激烈競爭，導致皮膚的保護功能嚴重受損，縮短了皮膚的壽命。

皮膚本身存在著適合它的最佳環境。人類誕生至今少說經過了四百五十萬年以上的歷史，人類的皮膚也演變成現在可適應自然環境的膚質。倘若長期使用化妝品，將會破壞原先的環境、帶來重大的影響。

以往化妝品業者皆宣稱是依據「科學研究的結果」等知識（？）來製造、銷售化妝品。雖然化妝品是在日本戰敗後五年左右才開始普及，但消費者接收到這樣的資訊也已經超過五十年之久。

既然如此，為何仍有那麼多為皮膚乾燥或皮膚老化所苦的人呢？特別是從二十世紀末開始，這個現象變得更加顯著。原因就在於，各家化妝品公司為提高銷售額，強力主打美白與除皺這兩大訴求的化妝品。這兩大化妝品對皮膚都不是安全的東西。

化妝品業界隱瞞了這個「不能說的祕密」，將消費者全都蒙在鼓裡。

二〇〇七年二月，日本的朝日週刊刊登了一則關於某知名化妝品廠商的報導。以洗潔劑起家的「花王」在二十年前推出化妝品時，曾在自家廣告文宣中寫道，加州大學醫學系皮膚權威的梅貝克教授盛讚花王化妝品「從科學的角度來看是全球最頂尖的化妝品」。

不過，當時化妝品的業界雜誌卻踢爆了這個評論的真實性。朝日週刊注意到這則報導，更進一步找來該雜誌的記者進行採訪。

為驗證花王廣告文宣的真實性，該業界雜誌找到那位出現在報導中的教授並詢問他「是否做過那樣的評論」。對此，教授的回答是「我從未發表過那樣的評論」。

後來朝日週刊在報導中這麼寫道：「假藉海外研究人員之名，發表了利己的不實言論。」這與先前引發社會輿論的「ARUARU大事典」的捏造事件簡直如出一轍。

其實，這類的不實言論在化妝品業界算是相當普遍的現象。化妝品業界本來就充斥著堆積如山的「可疑」商品。

不知道各位是否聽過「偽科學」。這是指「乍聽之下具科學根據，實際上是謊言」的科學。以前有一陣子很流行「負離子」。當時某家報社對此感到可疑而採訪了東大的物理教授並做出了更正報導：「根本沒有所謂的負離子。要說有的話只有『毒離子』。」之後別家報社也刊出了「因為負離子電器在美國極暢銷，所以家電業者就一窩蜂地爭相模仿」。但日本人就是對那樣的偽科學深信不疑。至今我也不明白為何這種不實的宣傳手法仍未被揭發。

更令人氣憤的是，許多大企業還昧著良心以這樣的手法欺騙消費者。

將話題回到化妝品上。選擇化妝品時首先要注意的是，不會破壞皮膚的環境。其次是不會對皮膚的結構造成不良影響。也許有人會反駁，「以人為的力量改變皮膚環境又沒什麼大礙」，會說這種話的人多半是為了保住自己的利益。

得到複雜皮膚疾病的人假如一個月都不洗臉，讓臉上堆滿油脂、恢復到自然的環境，皮膚復原的速度也會變得很快。

對製造現代化妝品的必備添加物「合成界面活性劑」的洗潔劑公司與食品化學公司（氨基酸也可製造合成界面活性劑）來說，化妝品業界是他們擴張事業版圖的最佳領域。事實上，化妝品業界的確也很仰賴這些廠商所生產的合成界面活性劑。偽科學就是由這些廠商起頭。說穿了化妝品就是這麼一回事。

戰後約莫六十年間，化妝品業者不斷推出新產品，持續帶給女性夢想。結果卻造成問題皮膚的現象異常增加。有些皮膚乾燥程度嚴重的人甚至連「洗個臉都會痛到受不了」。

雖然目前市售的都是會破壞皮膚保護功能的化妝品，但我仍希望各位在選擇化妝品時能注意到某些「最基本的事」。這也是本書出版的最大目的。

若本書能為各位帶來些許幫助，我也會感到很高興。

小澤王春于二〇〇七年四月

本書主要用語

【皮膚防護層】

即防止異物入侵皮膚的防衛機構。防護功能又稱為皮膚的防護層。防護功能的主角是皮脂及角質細胞間脂質。而洗臉過度會導致皮膚狀況出問題的原因，就是因為皮脂及角質細胞間脂質過度流失。

■**皮脂**……在皮膚表面的脂質（油脂、脂肪酸、碳氫化合物、膽固醇等）。

■**角質細胞間脂質**……主要是指存在於角質層內數層～數十層的脂質層（神經醯胺）。兩個脂質層中夾帶著結合水的結構。水溶性物質與油溶性物質相斥。此外，關於皮膚的防護構成要素還有以下這幾項：

■**角質（角蛋白）**……角質層的角質與科學物質等結合，防止這些物質滲透至皮膚內部。

■**食細胞（又稱顆粒球）**……免疫系統中存在著巨噬細胞（macrophage）和好中球（編按：顆粒白血球，受交感神經控制）等捕食細胞，它們會捕食外來的異物。

表皮剖面圖

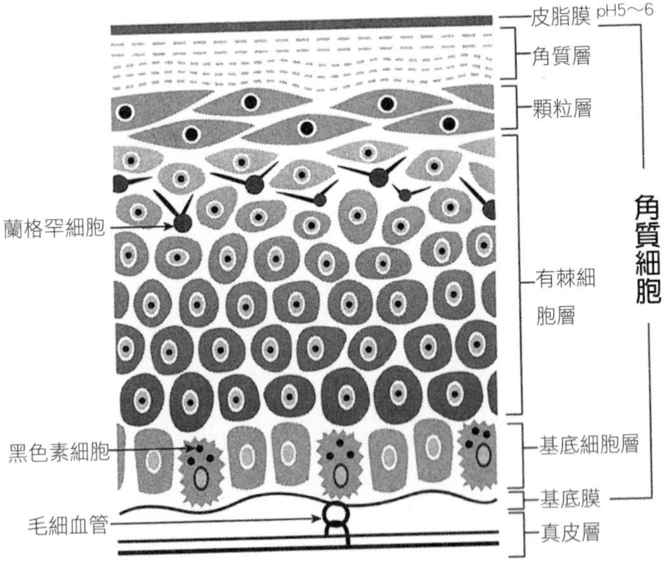

【皮脂膜】皮脂腺分泌的脂肪與汗水等水分混合後在皮膚表面形成脂肪層，防止外來異物的入侵。

【角質層】雖然是已死的細胞層卻仍含有水分和油脂。年紀越輕的人角質層越薄，隨著年齡的增長會變得厚且硬。平時會化作體垢剝落。

【顆粒細胞層】一般都未將顆粒層視為皮膚的防護層，但細胞失去水分扁平化後會含有大量的脂質，進而形成脂質層，變成防護層的一部分。

【蘭格罕細胞】處理來自皮膚表面的侵入物質，找出引起免疫反應物質的細胞。

【有棘細胞層】細胞間橋有淋巴液流動，掌管表皮的營養。屬於微鹼性。

【基底細胞層】黑色素細胞（melanocyte）會製造黑色素。黑斑、雀斑都是由此生成。

【基底膜】這層膜是表皮與真皮的界線。將營養輸送至表皮細胞，促成新細胞的誕生。

【真皮層】分佈著毛細血管和神經，透過這裡的血管把營養輸送到各個細胞。

皮膚與化妝品（模擬圖）

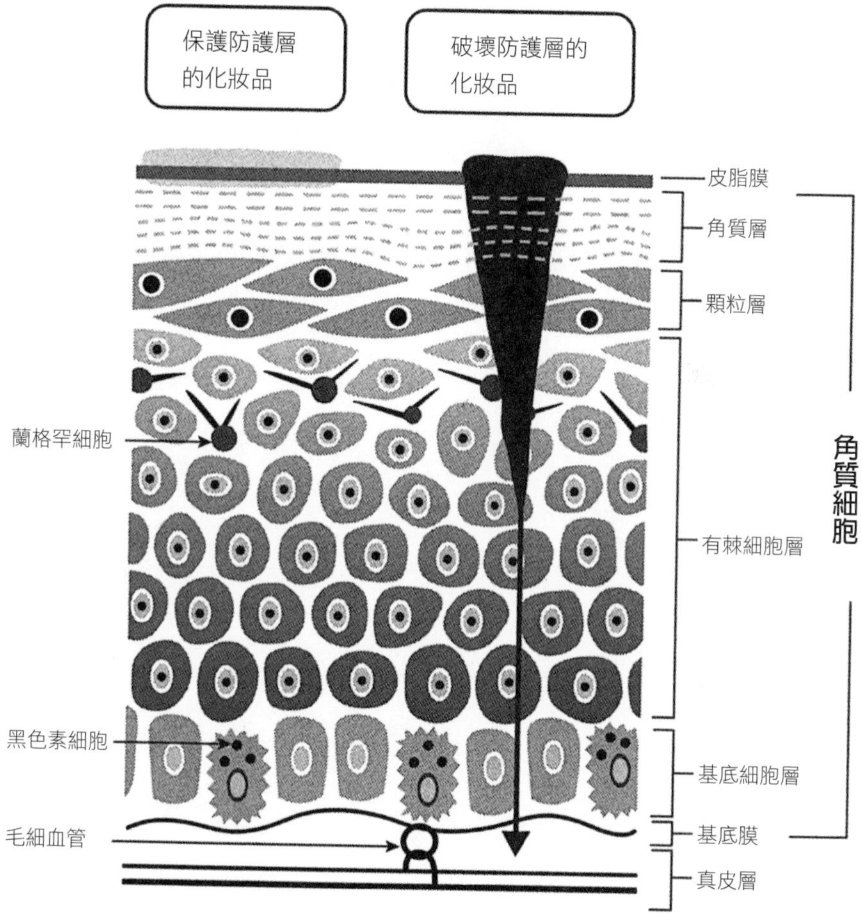
保護防護層
的化妝品
破壞防護層的
化妝品
皮脂膜
角質層
顆粒層
有棘細胞層
基底細胞層
基底膜
真皮層
角質細胞
蘭格罕細胞
黑色素細胞
毛細血管

■誕生於基底層的表皮細胞群會向外施壓將滲透的異物推出。
■細胞緊密排列的基底層與基底膜會形成皮膚的第二道防護層。
■免疫系統會將引起過敏反應的異物排出皮膚外。

讓化妝品的成分深入滲透皮膚等於是親手破壞這些皮膚的防護層。經常使用美白或抗老等化妝品，皮膚的防護層將受到損毀，使水分進出容易。最後變成水分容易流失的皮膚，這就是乾性肌膚。

【界面活性劑】

皮脂會保護我們的皮膚。其成分為油脂與水分。化妝品也是使用油脂與水分製成，並添加讓水與油混合的成分。讓水與油混合的藥劑（成分）就是界面活性劑。界面活性劑種類很多，有合成界面活性劑、香皂、天然的皂素、卵磷脂、合成酶（surfactin）、青黴酸（spiculisporic acid）等。

聽起來好像很複雜，但一直以來多是將具有油水相混特性的物質稱為界面活性劑，而香皂以外的界面活性劑則是「合成界面活性劑」。本書也是引用相同的區別法（第五章除外）。

依界面活性劑種類與濃度的不同，對皮膚的危害度也有差異。光憑「因為是合成界面活性

危害皮膚健康的程度（主要是指防護層的破壞）

（無×字記號＝安全）

合成界面活性劑（清潔劑）	××～×××
合成界面活性劑（低溫安化劑）	××～×××
合成界面活性劑（乳化劑）	××～×
天然界面活性劑	×
界面活性劑（香皂）	雖無×字記號，但若無視皮膚的老化程度過度清洗仍會造成危害

劑」、「因是石油系成分」來區分判斷並不準確。以下是我所歸納的危險度基準。

■無論是自然物或合成物，只要具有洗淨力（或乳化力）並會長時間停留在皮脂上，導致皮脂容易流失水分就是危險的界面活性劑。

■無論是自然物或合成物，只要像香皂一樣不具有洗淨力（或乳化力）、不會讓皮脂流失的物質便可視為安全的界面活性劑。但不見得完全適合乾性肌膚的人使用，請選擇適合皮膚的濃度。

【合成界面活性劑】

合成界面活性劑是化妝品成分中最常出現的成分，佔了三至四成。合成界面活性劑的種類與濃度會依目的之不同改變調配比例。合成界面活性劑的主要用途如下：

■**洗淨劑**……油水相混後、去除油脂。易導致皮脂或細胞間脂質的流失。

■**滲透劑**……使皮脂或角質細胞間脂質的油脂流失、破壞防護層。假如不先破壞防護層，生髮劑（刺激毛髮生長劑）、美白化妝品（美白劑）和保濕化妝品（水）的成分就無法進入皮膚內。

■**水助溶劑**（Hydrotrope）……破壞防護功能。若與其他的合成界面活性劑併用更容易破壞防護層。加強親水性、強化滲透力。

■**乳化劑**……將水與油混合、形成乳白狀。易造成皮脂或細胞間脂質的流失。

■**防靜電劑**……讓頭髮或衣物長時間含水達到防止靜電發生的效果。

■**柔軟劑**……軟化頭髮或皮膚。

上述的合成界面活性劑就是破壞防護層、使皮膚變成乾性肌膚的主因。

關於界面活性劑第五章會有進一步的說明。就我個人的看法，「合成」這兩個字是誤導消費者的原因。只要了解界面活性劑的作用，就算不看「合成」這兩個字也會知道它是危險的成分。相信過不久，「合成」這兩個字也將面臨消失的命運。

【香皂】

雖然是洗淨劑和乳化劑，對防護層造成的破壞卻不大。使用後在皮膚上會迅速轉化為不具洗淨力的脂肪酸（游離）及脂肪酸鈣等物質，不會造成皮脂完全流失的情況。也就是說因為香皂不會破壞皮膚的防護層，在合成界面活性劑中被視為安全的界面活性劑。

不過，對皮脂分泌驟減的老年人、特別是女性則為有害物質。建議最好先用無水型冷霜清除污垢後，再用香皂洗臉比較安全。

雖然香皂因為不會完全洗去皮脂而被歸類於安全的界面活性劑，但若使用洗髮皂洗頭也不能保證會比用洗髮精或單純水洗來得安全，仍有損害髮質強韌度的可能。香皂畢竟也是合成物的一種，它算不算是合成界面活性劑仍有待探討。

【自然界的界面活性劑】

自然界的界面活性劑有自然代謝的優點。當中以皂素、卵磷脂最廣為人知。雖然自納豆菌抽取的合成酶也是其一，但目前大多數都是鈉鹽製成的合成酶Na為主。它屬於高親水性的合成界面活性劑。

■**皂素**……植物成分之一，泛指像肥皂一樣會起泡沫的物質。因具溶血作用是很知名的植物毒素。一般食用時的毒性很弱，但若直接滲透體內會產生強烈的毒性。對防護功能明顯衰弱的現代人來說，皂素含量多的植物精華並不適合使用。大致上分為固醇類皂素（steroidal saponin）與類皂素（triterpenoid saponin）兩種。

■**卵磷脂**（別名磷脂醯膽鹼；phosphatidylcholine）……廣泛分佈於動植物、微生物的磷脂質。製造化妝品時會用到蛋黃或大豆的卵磷脂。水添卵磷脂、氫氧化卵磷脂皆屬合成界面活性劑。

【合成聚合物】

聚合物是指像蛋白質或樹脂那樣分子量超過一萬以上的巨大分子、高分子。合成樹脂、合成纖維素、合成橡膠、合成油脂等均是。雖不會滲透至皮膚內，但過度濫用會導致皮膚環境的破壞，也會造成自然界的環境問題。

【水溶性合成聚合物】

不同於一般由親水基與親油基組成的界面活性劑，水溶性合成聚合物是別種原理構成的合成界面活性劑。作用是加強一般的合成界面活性劑。由此可知它會損壞防護層、對皮膚有害。

水溶性膠原蛋白、加水分解角蛋白等皆為乳化劑。

【矽】（silicon）

硅系的合成聚合物。常被濫用添加於號稱不會脫妝的粉底或口紅中，是一種高防水性的皮膜劑。標示名稱使用的不是矽而是別名，因此不好辨識。矽靈（dimethicone）、三甲矽油（trimethicone）等「～methicone」結尾的成分即屬之。用途為製造皮膚的亮澤感、修補皺紋產生的凹凸等。

【氟系聚合物】

具有高防水、防油性（請聯想看看廚房裡常見的不沾鍋）。以「氟基」（fluoro）、「全氟」（perfluoro）等名稱在化妝品的使用成分中逐漸增加。如果是穩定的聚合物倒也無妨，但氟原子是危險的物質。

【凝膠】

水溶性合成聚合物的水溶液。所含的合成聚合物濃度很高，其後依序為化妝水、美容液、乳液、乳霜。也有降低水溶性、製成髮膠的凝膠。

強調無油的化妝品為其代表，在日本很少人會注意到這種像合成樹脂的合成聚合物水溶液。因為具有強烈的黏性，只需添加極少量就能製作化妝品，故成分標示中常列在很後面的位置。加上成分名辨別不易，消費者很難察覺。不少女性因為使用了凝膠使得皮膚受到破壞。

【試管實驗＆體內實驗】

切除皮膚組織、分散各個細胞，製成水溶液後，倒入試管或培養皿內的實驗，稱為In virto（試管實驗）。反之，直接在生物體內進行的實驗則稱為In vivo（體內實驗）。這是很基本的醫學用語。化妝品業界做的測試以試管實驗居多。

雖然最理想的情況是試管實驗與體內實驗的結果相符，然而現實卻往往事與願違。試管實驗可說是「虛構的實驗」。二〇〇五年被揭發的對羥基苯甲酸甲酯光毒性測試就是試管實驗。

【植物精華】

一般人都有「植物很安全」的迷思，故地球上所有植物的每個部位都被萃取出來添加在化妝品內。這些萃取精華分為水溶性與油溶性，但基本上還是水溶性精華居多。植物精華其實具有毒性。除了原本就帶有自衛作用的毒，還有環境荷爾蒙（外因性內分泌攪亂物質）。植物的保健食品或天然色素導致肝功能障礙的事件一再頻傳，就是因為被吃進體內的植物毒素為了解毒累積在肝臟內所致。

雖然蔬菜的毒性較少、較為安全，但對病蟲害的防禦力相對也會降低。舉例來說，大部分蔬果的水楊酸（Salicylic Acid，殺菌劑的一種）含量濃度就比較低。不過，時代的變遷也得列入考量。像是絲瓜精華就是個代表。

萃取自絲瓜莖的絲瓜水在過去香皂不普及的時代，因為具有黏性被當成防止臉部乾燥的乳液。此外還被當做弱酸性的化妝水，並用來清洗臉部。

但，時至今日你我因為過度使用潔面乳、潔顏產品等造成皮膚防護層的破壞，像絲瓜水這種含有大量皂素的洗淨劑反而會引起負面的作用。過度的清潔不但會破壞皮膚的防護層，也會危害皮膚的健康。

當然，有些人或許會提出質疑，認為精華的濃度不是都很低嗎？話雖如此，那是因為精華在未萃取前的濃度本來就不高，加在化妝品的濃度自然也不高。但這個說法未必百分之百正確。

就拿絲瓜水來說好了，假設一瓶絲瓜水含有一%的水溶性精華。將這個精華加水濃縮製成三〇%的絲瓜精華。若再將此成分與三%的化妝水調配，這個化妝水與絲瓜水的濃度比則為〇·九：一，濃度幾乎相同。

【氨基酸】

當我們攝取動植物的蛋白後，胃腸會將其分解成多種氨基酸並被人體吸收，使它成為體內專用的蛋白。蛋白是天然聚合物。數個~數十個氨基酸結合而成的物質稱為胜肽（peptide）。

胜肽因為比高分子的蛋白容易消化，廣泛地被用來製成保健食品或營養補充品。添加保健食品的知名成分來製造化妝品，這也是化妝品業界經常使用的宣傳手法之一。這種成分就算滲透到皮膚內也毫無意義，只會引起過敏反應。第一，假如滲透進表皮延長了表皮的壽命（當然這是不可能的事），只是妨礙了表皮的新陳代謝。既然對皮膚沒什麼好處又何必特地用它來破壞皮膚的防護層呢。充其量不過就是觸覺改良劑之類的東西罷了。

【藥用化妝品】

僅在日本藥事法中出現的種類。屬於藥用化妝品的化妝品稱為藥妝品。

我認為藥用化妝品是化妝品業界與厚生省間巨大的權益掛勾之一。像是美白化妝品、抗老化化妝品（預防斑點、皺紋等）、生髮劑、止汗劑（雖非藥用化妝品，但在本書中皆列入化妝品內一併說明）等代表性的藥用化妝品和普通的化妝品其實沒什麼不同。

日本自二〇〇一年起依藥事法的規定，所有的化妝品都必須以全成分標示，但藥用化妝品卻晚了五年才開始實施。二〇〇六年在業界主導的「自主基準」模式下才開始標示。但，即使未標示也不會受罰。而且，針對轉換為全成分標示的緩衝期，相較於化妝品的一年半，藥用化妝品卻享有兩年的「特別優待」。

二〇〇八年四月正式規定凡藥用化妝品都必須以全成分標示，但多數已做出更正的藥用化妝品，其全成分標示都動了些「手腳」來取得消費者的信任。至於仍未做全成分標示的產品可能也已在「暗中動手腳」也說不定。

不過，有些藥用化妝品並不屬於化妝品。本書也將針對這類的化妝品＝藥用化妝品（標示為藥用化妝品）加以說明。

【正面表列】（positive list）

即指可用於化妝品的防腐劑、紫外線吸收劑、焦油色素。有禁止使用及濃度等方面的限制。比起化妝品，藥用化妝品可使用更多毒性較強的成分。

【負面表列】（negative list）

防腐劑、紫外線吸收劑及焦油色素以外的原料。有禁止使用及濃度等的限制。

【法定色素】

前身為「法定焦油色素」。可用於化妝品、藥用化妝品、醫學品的焦油色素共八十三種。全都含有致癌性的毒素。標示方式為顏色＋數字，如紅102、紅104、黃201、綠色201等。日本對焦油色素的愛用程度在世界上屈指可數。

序章

皮膚與化妝品的預備知識

化妝品是塗抹在皮膚表面的物品並不會滲透至皮膚內。硬將水分注入皮膚使皮膚膨脹雖可消除眼角的皺紋，但持續下去也將損害皮膚的保護功能。即使皮膚具有恢復受損組織的再生能力，幾年過後也會退化。

當皮膚表面的角質層變得粗糙或因受損而出現組織外露等情況，化妝品自然會滲入其中。因為化妝品本來就是將皮膚受損處變成防護壁的加強商品。

然而這樣的知識只有在了解皮膚的基本構成後才會明瞭。

皮膚的構成

大部分的人都認為化妝品是專為皮膚設計的商品。這是導致一般人對化妝品產生誤解的最大原因。化妝品業者、特別是藥用化妝品（譯註：根據日本《藥事法》的規定：藥用化妝品是「不屬於醫藥品，但具有相當於或接近醫藥品功能的商品」。即處於醫藥品和化妝品之間的產品）業者就是透過這種誤解從中獲取暴利。

化妝品用來塗抹皮膚的表皮，但，了解皮膚的構成後就會知道表皮與真皮間隔著基底層與基底膜。大多數的人就是因為不知道表皮會保護真皮內的組織，是道自動防護牆而誤買了號稱具有「抗老化」效果的商品。

表皮是保護身體的防護牆

人體的皮膚由真皮與表皮重疊而成。皮下組織上方的真皮分佈著血管與末梢神經，被視為身體的一部分。

在真皮與表皮間有緊密排列的基底細胞及存在於細胞下的基底膜。以基底膜為界，上層的表皮沒有血管和神經（因過敏導致末梢神經浮現於表皮並非正常的現象）。表皮是保護真皮內軀體的防護牆。此外，防止體內的水分蒸發至體外也是表皮的重要作用之一。

基底細胞獲得真皮下血管網滲出的養分後，持續生成子細胞。子細胞生成的瞬間即成為棘狀細胞，並被後來生成的子細胞不斷向外推。表皮的細胞在生成的瞬間便迅速死亡，進而達成維持皮膚堅強防護的作用。

若在這個過程中，使用了可以活化細胞的含水（或藥劑）化妝品，阻止表皮細胞的「死亡」，對表皮只是形成阻礙。因為表皮自新細胞生成的那一刻便已進入死亡。

棘狀細胞是呈現假死狀態的扁平顆粒細胞，之後就會成為角質（角蛋白，keratin），即堅硬蛋白質防護牆的一部分。

這一連串的工作皆在表皮進行。表皮是道持續製造新鮮且堅固、細密的防護牆裝置，沒有血管與神經的分佈，換言之就是個製造防護牆的自動補充機（請參閱P20的圖）。

表皮的重要作用是維持新的防護牆。因此表皮必須加快其新陳代謝（基本上應該說是防護牆的新陳代謝）。想讓皮膚變得年輕應該由真皮的細胞下手，而非表皮的細胞。

假如持續活化表皮的細胞，只會延誤正常的新陳代謝，更會使皮膚中肩負重要防護中樞的角質層變得脆弱。目前市面上許多以抗老化為訴求的化妝品只是活化表皮的細胞，這與皮膚的構成形成極大的矛盾，但多數人卻被蒙在鼓裡。

表皮可防止異物的入侵

表皮的目的是維持組織細密的防護牆（也就是角質層）。不過，為什麼需要這道防護牆呢？因為它可以幫助我們抵抗紫外線、寒氣、避免乾燥及塵埃。但，最重要的目的是防止外物的入侵。

標榜「美白」二字的化妝品總會引起關注，但實際上裡面卻是添加了漂白劑（bleaching）或還原劑的成分。這些成分若未滲透至表皮深層就無法發揮任何效果。然而表皮的防護功能卻會阻擋這些成分的滲入。

「那不就沒辦法美白了嗎？」想必有人會產生這樣的疑問。目前市售的美白化妝品都是先破壞表皮的防護牆，使美白劑（即漂白劑）得以滲入表皮內。

各位或許曾有過內衣褲用漂白劑重複清洗數次後變得破破爛爛的經驗。就算皮膚使用的是品質再好的漂白劑，漂白劑終究是還原劑、氧化劑這類的化學物質。

日本自二〇〇一年起規定化妝品必須標示出所有的成分，同時也解除了以往被視為危險藥劑的苯二酚（Hydroquinone）的禁用令。因此，化妝品使用的漂白劑並非完全都是品質良好、安全的狀態。

也許有人會認為皮膚和大腦、心臟不同，它具有再生的功能，所以受損了也沒關係。但若每天持續受損，幾年下來所形成的慢性傷害也會有無法恢復的一天。

即使膚色變得白皙，皮膚也已經變得不健康了。慘白無血色的皮膚我不認為那是美麗，反倒覺得看起來不舒服。現在的化妝品裡添加了合成聚合物等成分讓膚色變得明亮，但那都只是暫時的效果無法永久持續。

化妝品的歷史

相信各位都已經了解表皮的存在目的是，保護真皮內的軀體、維持新的角質層。表皮這個防護牆的製造裝置受到角質層堅固細密的角蛋白與角質層表面的皮脂、角質層內細胞間的兩種脂質保護。

就生物而言，雄性（男性）必須從事外出覓食、保護巢穴不受敵人侵害等激烈的活動，體內的男性荷爾蒙會不斷生成保護皮膚的脂質。而負責養育小孩的雌性（女性）體內的女性荷爾蒙則會降低脂質的生成，轉而增加皮下脂肪，克服攝食不易的情況。

人類誕生並發展出文化、確保飲食無匱乏之後開始懂得追求美麗，進而開啟美容文化的發展。

化妝品與法律制度的變化

化妝品隨著時代而改變。在此，透過日本的法律制度來觀察化妝品的變遷。希望各位讀者先了解化妝品的發展變化後再開始內文的閱讀。

一九四八年——化妝品由過去受內務省管轄轉而編入厚生省的管轄內。此時，化妝品依循的舊藥品法，限制相當寬鬆自由。

一九六〇年——開始施行現在的新藥品法，化妝品需依品項分類取得製造許可。日本現存的文獻記錄中最古老的處方資料也多來自此年度。若廠商內部沒有特地保存資料則無記錄可參考。

一九六七年——化妝品的品質與原料標準受到規範。此後，化妝品的安全性算是有了初步的確保。

一九八〇年——要求廠商必須針對容易引發中毒症狀的「指定成分」做出標示。

稍微說個題外話。我認為「指定成分」這個制度似乎有些矛盾。我們的皮膚每天都會接觸到各種不同的刺激物，換言之，皮膚就是像這樣邊受到訓練而變得越來越健康。因此，若一再避免讓皮膚受到刺激，皮膚就會變得虛弱、不堪一擊。

而且，中毒多半是因為合成界面活性劑的濫用才導致刺激物滲透至皮膚內，所以若不能正確防止合成界面活性劑破壞皮膚的防護功能，「指定成分」制度的存在彷彿也失去了意義。

所以我認為這項制度只是將焦點過度集中在刺激成分，是種消極了事的制度。再說得白一點，這不過是隱藏真正禍因——合成界面活性劑的缺陷制度。果不其然，當二〇〇一年三月廢除這項制度時，有人提出疑問：「請問對於消費者來說『指定成分』制度的存在意義為何？」對此，厚生省也給了相當妙的回答：「刺激並不等於會引起中毒。這個制度老實說沒什麼意義。」

一九八六年——逐漸不受國民信任的厚生省終於提出了合理的新制度。這就是從一九八六年一直施行至二〇〇〇年的「類別許可基準」制度。

訂定包含法定焦油（TAR）色素在內約三千種的原料（較安全的成分），只要遵守這個範圍便可自由製造、販售化妝品。同時兼顧了管制尺度的拿捏與安全性的考量，算是相當創新的制度。

如果想導入新原料製造化妝品時，根據藥事法必須通過嚴格的安全檢驗（自一九八七年六月施行至二〇〇一年三月止）。這項制度稱得上是厚生省少見的優秀制度。

二〇〇一年——日本開始受到美國的影響，實施美式的全成分標示制度。過去因危險性高而不允許使用於化妝品的苯二酚、醋酸鉛、硫酸銀等烈藥，或未受到安全性認可等未經許可的成分，扣除部分成分外全部變成可以使用的成分。完全進入美式化妝品的制度。

這種制度一點都不安全。在這樣的制度下，除了醫藥品、毒物、各國的指定成分及焦油色素外，任何危險藥物都可以光明正大地使用。表面上看起來是「因含有危險成分而以全成分標示來提醒消費者」的制度。而知識不足的傳媒也隨之起舞地宣告大眾「廠商很體貼地標示出所有成分」、「這是一種都為了大家好的制度」。

那麼，試想當你擦了某個化妝品而長出斑點的話，廠商不就可以用「你是已經知道產品的所有成分才買的，所以責任本身在於你自己不是嗎？」的理由來回應你。所以，不是只有亂發公寓、飯店的建築許可才危險，化妝品也不容小覷。

藥用化妝品（藥妝品）的全成分標示

日本從二〇〇一年開始規定化妝品必須做全成分的標示，但藥用化妝品（藥妝品）則不受此限。只需標示出刺激成分（表示指定成分）即可。但，自二〇〇六年起根據化妝品業界的自訂規範，藥用化妝品也必須做全成分標示。

化妝品與藥用化妝品的成分差異在於，藥用化妝品可使用幾種負面表列內規定不得使用的成分。藥事法規定化妝品與藥用化妝品「必須作用緩慢」，故內容相似也是必然。

不過，藥用化妝品使用的危險成分較多，因此施行全成分標示制度應該先從藥用化妝品開始。然而，藥用化妝品卻享有五年內不需標示的特殊待遇。此外，制度實施後還有緩衝期，相較於化妝品的一年半，藥用化妝品則有兩年。

功效成分和化妝品如出一轍的藥用化妝品卻可打著「想改善皮膚粗糙、皺紋……」等病名（症狀）來加以宣傳，這種制度全世界恐怕只有日本才有。而且，這種制度也等於「默許」了業界與管轄省廳間的利益輸送。

序章重點整理

1. 化妝品是塗抹在皮膚表面的物品，它不會滲透至皮膚內。
2. 表皮是保護真皮並抵抗異物侵入的防護牆。
3. 表皮有一定的循環周期，勿藉由外力阻止其衰老死亡。
4. 全成分標示制度應是，保護身體免受含危險成分化妝品所害的制度。

第一章

青少年彩妝品的必要與否

前文已為各位說明為何化妝品無法滲透至皮膚內的理由。因為皮膚的防護功能會阻隔化妝品進入皮膚。當然也包括了彩妝品。

但，青少年的皮膚尚未發育完全，防護功能也是如此。化妝應該等過了青春期（皮膚的完成期）再經過幾年與外界環境的接觸後，等皮膚有了穩定的防護力再開始才是正確的觀念。

那麼，請問各位認為對於青少年彩妝品有何想法呢？

假如媽媽們無法阻止孩子化妝，請為孩子選擇含有不會傷害皮膚的彩妝品。

切記！越早使用化妝品，臉部肌膚的老化程度就越快。

年輕時勿用會破壞皮膚防護功能的化妝品

幾年前，日本某報曾有學者發表過「孩子們想化妝是很正常的事」的言論。但，這就像菸酒會危害青少年的身心發展而禁止未成年者抽菸、喝酒一樣，化妝品同樣也會阻礙皮膚的正常發育。同意青少年使用彩妝品前應該也要考慮到這方面的問題，單就感情層面來表示贊同，實在有些不負責任。

孩子們也想要化妝

先前我收到某個女孩的來信，她表示就讀國中時（二〇〇六年）為了讓皮膚變白皙而開始使用美白化妝品，結果反而使皮膚出現很嚴重的問題。

美白化妝品會破壞皮膚的防護功能，是頗具危險性的化妝品，消費者與製造、販售的廠商都應該了解這件事。詳細情況後文會有進一步的說明。首先，請記住孩子們因為皮膚的防護功能尚未發育完全，皮膚相當柔嫩、敏感。可是卻有業者將美白化妝品賣給未成年的孩子，真不知道他們究竟在想什麼？

這種情況不只發生於美白化妝品上

以日本的化妝品廠商RICE FORCE為例，它們在廣告裡播放女性開心說著「化妝水會滲透到皮膚裡唷」的畫面。其實這類的化妝品是使用合成界面活性劑破壞皮膚的防護功能、讓水分滲入皮膚內。但廠商卻隱瞞這個事實還說「使用後可改善皮膚的保水功能」，強調產品添加的是名為Rice Power的白米精華。

說到這，順便再提一下。該廠商以「Rice Power No.11」是「受到認可的成分」、「認定具有高保濕效果」來做宣傳已經違反了藥事法的規定。然而，根據現行的法律，這類廣告不實的商品就算未取得許可，只要向化妝品工會提出申請仍可自由使用。厚生省不會特別認定某商品是否具有高保濕效果，目前也沒有這樣的制度。

此外，該廠商還用了一貫的手法，宣稱「商品皆未使用石油系界面活性劑」。也就是說，它們使用了其他的合成界面活性劑來替代罷了。

廠商完全不去思考這樣卑劣的手段對消費者的皮膚會帶來何種傷害，這真是現代化妝品界的悲哀。

販賣歐美系的保濕化妝品（破壞防護功能將水分導入皮膚內的保濕化妝品，RICE FORCE的Rice Power精華就是此類商品）或美白化妝品（作用想必也與保濕化妝品相同）給未成年的消費者是錯誤的行為，相關人員應該了解這一點。

再重回剛才的話題。那位寫信給我的女孩，一定也是不知道美白化妝品會破壞皮膚的防護功能。

當她使用美白化妝品後沒多久皮膚就開始出現問題，後來她不斷地更換化妝品，症狀卻更加惡化。搞到最後連皮膚科醫師都束手無策，令她陷入絕望的深淵。

現在，發炎的情況雖已日趨穩定，但臉頰一帶還是長著一顆顆白色的顆粒怎麼治都治不好。雖然女孩還年輕，日後痊癒的可能性仍很高，但將滿二十歲的她看到自己的皮膚變成這樣肯定很難受。

有些人生來膚色較黑、也有人天生白皙。膚色黑的人想變白是很自然的心態。

但，請別被美白化妝品的名字騙了，實際上它不過就是添加了脫色（漂白）成分的危險商品，販售者應該更謹慎小心。

以下是這位女孩的來信：

國一時開始使用美白化妝品進行保養後……

【來信內容】

我從國一開始使用化妝品。那時覺得自己膚色太黑，所以使用了各種美白的面膜、乳霜進行保養。當時我也有使用腮紅等彩妝品，但那時的我缺乏相關知識，所以都沒有確實卸妝。

國二時，臉上開始長出粉刺，無論用了多少抗痘化妝品仍不見起色。雖然臉上的粉刺並非又紅又大的那種，卻長滿了臉頰一帶，我只好擦上厚厚的粉底來遮蓋。

升上高一後，我去了專治粉刺的知名皮膚科就醫，用了醫師開的中藥、軟膏（非類固醇）及與皮膚科有合作關係的廠商製造的化妝水，約莫過了半年後，粉刺才全部消失。

距離當時已過了四年左右的時間。可是我現在的皮膚變得很難上妝又很容易脫妝。

以前我都認為自己是油性肌膚，所以只敢使用含抗痘成分的清爽系化妝品和化妝水。其他像是乳液等保濕系的化妝品我碰都不碰。

結果，有天去了某專櫃後才發現我的皮膚嚴重缺水，因而開始使用乳液。

但，我始終想不通為什麼皮膚難上妝的問題一直無法改善。

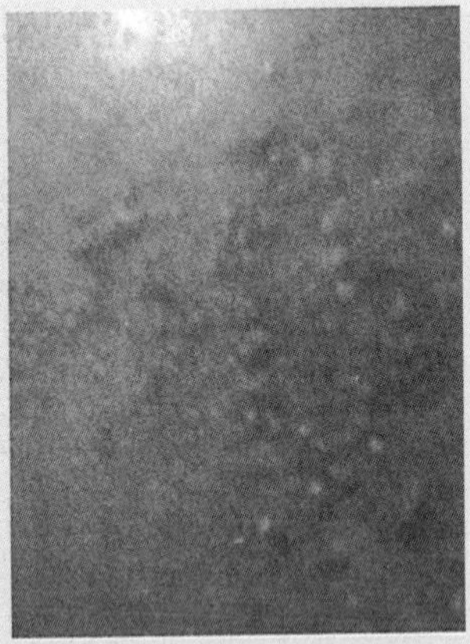

（臉頰的照片　攝於2006年4月）

仔細想想，我本來就是個很重視臉部清潔的人，有事沒事就會用水洗洗臉，清潔臉部時也是使用無油成分的卸妝液。潔臉皂也是含有抗痘成分的那種，洗完之後臉會變得很緊繃，不擦化妝水就沒辦法笑。

不過粉刺只有在生理期前才會冒出來，除此之外就沒有特別嚴重的問題了。

大約兩個月前的那次生理期前出現的粉刺和毛孔變大的情況讓我很在意，所以就換了別種化妝品。沒想到平常臉上不會長粉刺的部位居然長出粉刺。

於是我又換了化妝品。每天用紗布沾化妝水做雙重清潔也沒用，只要一擦就脫皮，就這樣忍了兩個星期。最後因為情況越來越糟，於是又重用原本的化妝品。誰知道原本的化妝水也出現排斥現象，我的皮膚再度出現問題。

到皮膚科就診後雖然治好了，但現在只要擦點什麼，臉上就會有酌熱的刺痛感，所以我現在都沒有再使用任何化妝品。

其實這女孩還年輕，只要過一段時間自然就會恢復。但，前提必須是「什麼都不做」的條件下……針對她的來信，我也做了簡單的建議。

國一時開始美白——這不是保養皮膚而是破壞皮膚的防護功能，換言之，等於是親手破壞了自己的皮膚。

擦了腮紅卻沒有確實卸妝——就算卸了妝也會產生粉刺之外的肌膚問題。當皮脂腺功能下降就會變成乾性肌膚，這會使皮膚從年輕的時候便提早老化（雖然最後她還是用了……）

用厚厚的粉底蓋住粉刺——這是最要不得的行為。應該從這時候開始就停止任何化妝品的使用。

很難上妝——這麼年輕就有這種問題！就是皮膚受損所致。

因為缺水而開始使用乳液——乳液內含大量的合成界面活性劑，就算用起來感覺舒服也不可多用。此外，所謂的保濕其實是抑制皮膚水分的蒸發，「以前的皮膚科都會叫患者使用『凡士林（油）』來保濕」），這並不表示化妝品的水分已注入皮膚內。

每天洗好幾次臉——各位或許都聽過不可過度洗臉吧。即便只是用水輕輕地沖沖臉也算洗臉。過度洗臉會使皮膚的油脂流失。

使用無油卸妝液後，再用含抗痘成分的潔顏皂洗臉——無油卸妝液！那是在凝膠內添加大量合成界面活性劑的東西。一般含抗痘成分的香皂其實就是添加了可殺死痤瘡桿菌的殺菌劑。若皮膚的防護功能已受損，千萬別再使用那類的東西。女孩也說洗完臉後皮膚緊繃都不能笑，這是因為防護功能嚴重受損所致。一旦變成這樣的情況，就不能再使用潔顏皂和化妝品了。唯一的辦法就是什麼都別用，讓皮膚好好休息、重新儲存皮脂。

毛孔變大了——這就是過度清潔臉部造成的後果。

改用別的化妝品——當皮膚狀況出現問題時，不少人都會想：「試試看改用別的化妝品好了」。這是錯誤的觀念。只要感到皮膚異常就要立刻停止使用所有化妝品，讓皮膚好好休息、慢慢復原。

因為情況惡化又換了別的化妝品——皮膚感到疲勞時就不該再使用化妝品。三不五時就換化妝品也是禁忌，這麼做只會讓症狀更加惡化。

對化妝品過敏——皮膚的防護功能受損，化妝品的成分就會滲透至皮膚內。出現過敏反應是很正常的事。酌熱感、刺痛感都是過敏引起的發炎症狀。這時候，請停止使用任何化妝品。若不使用化妝品會感到皮膚緊繃不適的話，待症狀稍微穩定後，再擦點自製的化妝水＝甘油水溶液（甘油量不需太多，只要能產生適度的黏性即可）＋檸檬酸製成PH6左右的化妝水。除此之外，其他的化妝品一律不用，當然也包括了香皂。以女孩的情況來看，大約要花三個月～一年的時間。這段期間除了不能使用任何化妝品（化妝品斷食），就連香皂也不能碰。

看了女孩的情況，不知道各位是否也有過像她一樣的錯誤想法，認為化妝品有治療皮膚的效果。假如你出現相同的情況，請立刻停止使用香皂及任何化妝品。

在十天～數個月內只擦（甘油／檸檬酸）化妝水，進行化妝品斷食。這麼一來，皮膚自然會恢復成原本的狀態。這段期間內，讓皮膚好好休養，順便學習關於皮膚、化妝品的知識及正確的化妝品使用法吧。

如果十二歲開始使用腮紅和口紅，二十歲前一直有擦粉底及顏潔的習慣，二十五歲前可能會變成乾性肌膚，二十五歲後皮膚就開始萎縮、出現細紋等各種美容相關的疾病。當然不見得每個人都是如此，但青少年彩妝品還是得從各方面確認其安全性才是。

孩子們的皮膚尚未發育完全

如果閉上眼睛觸摸尚未進入青春期的女孩與男孩的臉頰，未必能正確分辨出性別。每個人都要經歷過青春期才會成為真正的男人或女人。這段期間或許會長粉刺、變成油性肌膚，只要過了幾年，皮膚的狀態就會穩定下來。

就美容層面來看，青春期後，再經過幾年的時間才開始使用化妝品是保持皮膚年輕的祕訣……。然而，現在越來越多化妝品廠商卻將腦筋動到孩子們身上。

孩子們皮膚的角質層厚度只有成人的一半

說到孩子的化妝，最嚴重的問題就是，孩子們皮膚的角質層還很脆弱。正確地說，應該是非常「薄」。雖然目前尚無資料顯示其厚度，但我想應該不到成人的一半。孩子們的皮膚就是這麼柔軟，再加上皮脂的分泌量又少。仔細想想，孩子們的皮膚摸起來不是很光滑又留著細細的胎毛嗎？

角質層薄、幾乎沒有皮脂，也意味著皮膚的防護功能非常脆弱。皮膚在這樣的狀態下，就算是沒有毒性的成分，只要接觸到化妝品也會影響到皮膚的健康。

姑且不論毒性如何，化妝品原料只要滲透至皮膚內，一定會對還在發育的皮膚帶來負面影響，因而左右皮膚的成長。

現在的父母很在意孩子的皮膚衛生（因而出現過度清潔皮膚的行為），所以多數的孩子在出生~三歲左右的這段期間，常因為過度的清潔出現過敏的反應。對自然界的生物來說，清潔劑的過度清洗相當於環境的激烈變化。年紀越輕，感受到皮膚環境變化的影響就越強烈。

父母應該制止孩子使用成分會滲透皮膚的基礎化妝品，並規定他們只能使用潔顏皂洗臉。若孩子能遵守這樣的約定，再答應讓他們使用部分的彩妝品。

過去喝母乳長大的孩子會從母親那裡得到抗體（即免疫力），可對抗外來入侵的病菌）。但現在餵母乳的人越來越少，這也是現代人皮膚越來越弱的原因之一。不少人都認為洗面乳是新型態的潔顏皂，其實那幾乎都是合成界面活性劑，最好少用為妙。

快速的新陳代謝掩蓋了皮膚的問題

皮脂分泌是男性荷爾蒙的作用，進入青春期後男性荷爾蒙會開始分泌，皮膚的防護功能也跟著增強。過了皮脂腺發育完全的青春期、變成大人後，皮膚的狀態也差不多穩定了。不過，就像昆蟲的羽化一樣，狀態穩定的皮膚表層接觸到外界的空氣會氧化，使皮膚表面變得更堅固。換做是人類，皮脂中的游離脂肪酸氧化後，脂肪酸的刺激性氧化物會促進皮膚的角化，大約在二十二、二十三歲時皮膚才算發育完全。

正確的化妝年齡就從這時候開始。起初先從擦點油水乳化或略油的乳液後，再輕拍一些粉底的淡妝最為理想。除了表現年輕健康肌膚的淡妝，清潔上使用香皂和弱酸性化妝水（ＰＨ５～６）較為安全。雖然粉底的細微顆粒會堵塞毛孔導致粉刺生成，但想化妝的話這也是無法避免的情況。

比同年齡的人晚一點開始化妝吧！這是保持皮膚年輕的祕訣唷。

說到這也許有人會說「事到如今說這些也已經於事無補……」，如果你也是這麼想，後文將會為你說明解決的方法。若你家中有正值青少年的孩子，請注意別讓孩子的皮膚變得粗糙。我再次建議，等孩子皮膚的皮脂膜發育完全，並接觸了外在環境幾年後，再開始使用化妝品才是最理想的時候。

那麼，已經開始化妝的孩子皮膚會變得怎麼樣呢？孩子的皮膚表皮因為新陳代謝的速度快，排斥外物的力量也較大，對於進入皮膚內的異物會以驚人的氣勢將其排出體外。因為孩子的皮膚擁有這樣的能力，所以，許多已經開始化妝的孩子其實正發生著肉眼所無法見到的問題。

眼睛看不到不代表就是安全。隨著年齡增長，原本年輕的皮膚變成乾性肌膚，甚至慢慢長出皺紋、斑點。

試著研究孩子們的化妝品吧

孩子化妝會影響皮膚健康。但，現在的大人卻缺乏教育孩子這種觀念的能力。因為大人平時就常濃妝豔抹，或到美容外科拉皮除皺、去斑，孩子看到這些當然無法認同大人說的話。

對現代人來說化妝品已成為生活中不可或缺的一部分，我認為國小或國中應該把它列為健康教育的教學內容，不過大概也不會有多大的成效。

記得好幾年前，某大報曾刊載過一篇主張重視孩子的心情，由心理面贊同孩子化妝的文章。但，讓孩子使用化妝品不能單就心理面來思考，也要考慮到皮膚健康方面的問題，那樣的意見實在有欠考慮。報導內完全沒提到關於青少年彩妝品的注意事項，只強調了那是「用肥皂就能卸妝的產品」。然後只輕描淡寫了一句「過半數的父母排斥讓孩子使用化妝品」。雖然看到那句讓我想到仍有不少父母知道化妝品對孩子的皮膚有害，但或許更多家長看到那篇報導後會更加相信青少年彩妝品的安全無虞。新聞報導應該同時針對心理與生理兩方面進行分析才是。

我想，多花點心思讓孩子主動向家人或朋友提及化妝品的問題是很重要的事。不妨在廚房或洗臉台旁貼張化妝品原料的毒性表，藉以引起孩子的興趣。也可主動告訴孩子「媽媽貼這個是為了提醒自己要小心使用化妝品」。

另外，國中、小老師也可試著將「化妝品的研究」當成暑假作業，讓家長與子女一起進行調查（不過，如果引發太大的關注，也許化妝品業界和行政單位會想辦法制止這項活動）。

但我仍堅持關於孩子們的化妝必須兼顧心理與皮膚雙方面的考量。雖然我對心理學不太了解，但說到孩子的皮膚與化妝品的關係，我倒能提供一些意見。

青少年彩妝品的成分並不安全

之前我發現市售的青少年彩妝品中竟有一家廠商是玩具製造商。孩子因為皮膚的防護功能低，很容易吸收化妝品的成分（原料）。毒性物質或無毒性的非天然成分（具不氧化、不腐敗的特性）會破壞皮膚環境、妨礙健全皮膚的發育，因此，你我必須更加小心。

法定色素是危險成分

就拿「Hello Kitty唇蜜－21」（此產品的製造商不是玩具廠商）的成分表來說，上面標示著紅201、紅202、黃4共三種法定色素（因為是統一成分標示，所以未必全都有添加，僅供參考而已）。現在的年輕人也許不知道，「法定色素」在過去稱為「法定焦油（TAR）色素」，但一般的消費

Hello Kitty唇蜜－21（pieras）

成分名	用途
(C18－21) 烷烴	合成油劑
辛酸／癸酸三甘油酯	合成油劑
聚異丁烯	合成聚合物
棕櫚酸	合成油劑
二甲基甲矽烷基化矽石	滑劑
荷荷巴油	油劑
醋酸生育酚	抗氧化劑
(＋／－)※	
雲母	顏料
氧化鈦	顏料
紅201	色劑（焦油系）
紅202	色劑（焦油系）
黃4	色劑（焦油系）
氧化鐵	顏料

※統一成分標示

者對此名稱產生排斥感，後來便改名為「法定色素」。

製造青少年彩妝品的廠商對於法定色素的使用更該有所警覺。日本對焦油色素並不重視，因此日本被認可使用的焦油色素多達八十三種，是美國的二・五倍。台灣也不相上下，台日是先進國家中使用最多焦油色素的國家。焦油色素也被懷疑是導致目前激增的過敏反應的原因之一。

「Hello Kitty唇蜜—21」所使用的法定色素又稱為「偶氮系色素」，這被懷疑是導致突變或日光疹等症狀的毒性成分。如果是加在成人的彩妝品內也就算了，但加在青少年彩妝品裡實在太危險了。除了製造廠商，包括販售的店家也必須好好了解關於合成界面活性劑與色素的毒性。

法定色素分為Ⅰ類、Ⅱ類、Ⅲ類三種，簡單地說這是依照毒性強弱做的排序。黃4屬於Ⅰ類，毒性較弱。但剩下的紅201、202皆屬於Ⅱ類。當然，Ⅰ類並不代表那很安全……（請參閱P59的表）。

把法定色素的分類表貼在家中孩子容易看到的地方也是個好方法。媽媽們也可以順便提醒自己。

不過，像黃4是很有名的劣質色素，這麼一來似乎不能單看分類表來判斷。

法定色素

成分名	用途	成分名	用途	成分名	用途
藍1	I	紅220	II	黃205	II
藍2	I	紅221	II	黃401	III
藍201	II	紅223	II	黃402	III
藍202	II	紅225	II	黃403(1)	III
藍203	II	紅226	II	黃404	III
藍204	II	紅227	II	黃405	III
藍205	II	紅228	II	黃406	III
藍403	III	紅230(1)	II	黃407	III
藍404	III	紅230(2)	II	黑401	III
紅2	I	紅231	II	橙201	II
紅3	I	紅232	II	橙203	II
紅102	I	紅401	III	橙204	II
紅104(1)	I	紅404	III	橙205	II
紅105(1)	I	紅405	III	橙206	II
紅106	I	紅501	III	橙207	II
紅201	II	紅502	III	橙401	III
紅202	II	紅503	III	橙402	III
紅203	II	紅504	III	橙403	III
紅204	II	紅505	III	綠3	I
紅205	II	紅506	III	綠201	II
紅206	II	褐201	II	綠202	II
紅207	II	黃4	I	綠204	II
紅208	II	黃5	I	綠205	II
紅213	II	黃201	II	綠401	III
紅214	II	黃202(1)	II	綠402	III
紅215	II	黃202(2)	II	紫201	II
紅218	II	黃203	II	紫401	III
紅219	II	黃204	II		

I 類＝可用於所有醫藥品、藥妝品及化妝品。

II 類＝可用於外用醫藥品、藥妝品及化妝品。

III 類＝可用於黏膜以外的外用醫藥品、藥妝品及化妝品。

孩子的皮膚有別於成人，很容易受到不良的影響，所以更要避開這些色素。

既然孩子喜歡用顏色鮮豔的彩妝品，做父母的就多花點心思為他們檢查法定色素吧。請多多留意青少年彩妝品的顏色和號碼。

請小心氮化合物！

氮原子在人體內有著重要的作用。像氨基酸（蛋白的原料）就是由氮原子所組成的氨基化合物。不過，氮原子若是以不穩定狀態的化合物進入體內，將會對體內重要的化學反應產生不良的影響。

早在六十年前就有人提出染髮劑具有致癌性，因為染髮劑含有兩個含氮氨基化合物的成分。目前很流行的克流感（Tamiflu）同樣也含有兩個氮原子的化合物。就連我服用的指定醫療藥品、具擴張支氣管作用的劇藥茶鹼（theophylline，副作用強烈！現在也成為化妝品的成分）也含有氮原子。

前文出現的紅201、紅202、黃4皆為偶氮系色素，這些色素都含有二或四個雙重結合的氮原子。這是導致突變、黑皮症、過敏反應、日光疹，甚至是癌症的原因。

洗髮精與潤絲精中常用的陽離子界面活性劑四級銨鹽也含有氮原子，這就像過去的消毒肥皂，是很強烈的殺菌劑。

此外，眾所周知具致癌性的亞硝酸鹽也是含氮的物質，而知名的生髮劑落健也含有數個氮原子，雖然廠商一再宣稱這不會導致死亡，但確實陸續出現了數名使用產品後死亡的消費者。這麼看來那些原因不明的面皰、粉刺似乎也與氨基系化合物（含氨基的化學物質）脫不了關係，在此再次呼籲從事美容學習的人請小心這些含氮的合成物。製造化妝品的廠商也請再三思考。

為保護身體不受這些高毒性的化合物危害，必須讓皮膚的防護功能好好發揮作用。

雖然我很擔心氮化合物對皮膚幼嫩的孩子們所造成的影響，但皮膚防護功能已受損的成人也請格外當心。

考慮到皮膚成長的成分

孩子們過了青春期後很快地就會邁入二十歲的成人期。其實皮膚也會在這段期間內以驚人的速度持續成長，發育成穩定的成人肌膚。在那之前必須讓孩子的皮膚在自然的環境中成長。

但，怎麼做才能讓孩子了解到這件事呢？老實說我也不知道。

口紅的油劑並無護膚效果

除了前例中的「Hello Kitty唇蜜—21」之外還有許多必須注意的青少年彩妝品，請各位不要掉以輕心。我會以其為例只是因為它剛好是比較知名的產品……

接下來再來看看該唇蜜所使用的油劑含量，依序是（C18-21）烷烴、辛酸／癸酸三甘油酯、棕櫚酸（現已改名為棕櫚酸酯）、荷荷巴油。

究竟這些油劑有何作用呢？

除了荷荷巴油之外，其他皆為合成油。合成油可延緩氧化及腐敗。對微生物來說是難以攝食的油脂。這裡說的微生物是指，棲息於皮膚表面的常在菌。關於常在菌下一章將有詳細的說明。

青少年彩妝品的製造廠商為了避免發生「使用防腐劑導致家長反彈」的情況，故以油劑製成不易腐敗的合成油當成凝固劑。當中唯一的天然油劑荷荷巴油也是脂肪酸系油脂含量較低、不易腐敗的油脂。

這些油劑對皮膚的常在菌而言都不是良性油脂。也就是說，這款唇蜜使用的是不適合皮膚環境的油劑。而且還添加了聚異丁烯這種阻礙微生物生成的合成聚合物。難怪它只放了抗氧化劑的醋酸生育酚而未使用防腐劑。

但，嘴唇不是皮膚組織而是黏膜。黏膜與常在菌並無關聯。只要常藉由唾液保持濕潤即可。因此，唇彩類的彩妝品所用的油劑並不能用在皮膚上。

我想再過不久就會有廠商推出青少年專用的基礎化妝品乳霜。屆時希望各廠商別為了不添加防腐劑而改用這些油劑來製作乳霜（雖然這在科學界是很常見的情形）。用香皂洗完臉後再擦使菌類無法生存的乳霜，等於是親手將皮膚上的好菌通通消滅。

二十五歲前讓孩子的皮膚在正常的環境下成長

人類在越年幼的時候受到科學物質的影響就越強烈。最具代表性的例子就是沙利竇邁（Thalidomide，含兩個氮原子）事件。沙利竇邁在過去被當成安全的安眠藥販售，一般成人服用後的確沒什麼大礙，但懷孕的女性服用後會對腹中的胎兒造成莫大的影響，導致胎兒在四肢或耳朵等出現先天性的障礙。

或許沙利竇邁是比較特殊的例子，但化妝品也是如此。年輕的時候皮膚還在發育階段。醫學上也有人提出二、三歲的幼兒期環境對將來的皮膚會造成很大的影響。過敏性反應就是最好的例子。若皮膚在發育過程中受到了化學物質的影響，很容易就會引發嚴重的問題。年幼的孩子會更強烈感受到法定色素的毒性與氮化合物的影響，做父母的都應該了解這一點。

蟬會鑽入濕氣高的地底，蜻蜓會潛伏在沼澤內等待成長。等到了相當於我們人類的青春期後牠們才會離開洞穴、沼澤，並花費一段時間慢慢與外界的空氣接觸，使氧化變軟的翅膀或身體變硬、成為真正的成蟲。只不過成蟲的壽命卻又很短……

人類也是這樣。脫離父母的保護、成為可以獨當一面的大人的這段期間就是青春期。皮膚會在這個時期讓皮脂腺發育完全、增加皮脂分泌來穩定皮膚的狀態。

這就和昆蟲把皮膚曝露在外使其變硬的情形一樣。有了強健的身體才能展翅高飛。人類的皮膚會在青春期的時候藉由皮脂與外界的環境變得堅實穩固，再去面對日後的各種變化。

因此，請別用化妝品來影響尚在發育中的皮膚與皮脂腺。我認為成年之後再經過二、三年與外界環境的接觸，讓角質層變得穩固再開始化妝是最理想的時候。這麼一來，就能常保皮膚的美麗。當然，也別亂用化妝品來清潔皮膚唷……

第一章重點整理

1. 當皮膚感到異常時，請立刻停止使用任何化妝品。
2. 越早開始化妝，皮膚老化得越快。
3. 法定色素（紅～、藍～）不適合孩子使用。
4. 別讓孩子接觸毒性強烈的氮化合物。

第二章

化妝品的真相與謊言

化妝水、乳液、乳霜現已成為皮脂的代用品。早在原始時代人類就將動植物的油脂直接塗抹在皮膚上，之後古埃及的髮油、約莫西元前一百五十年源自於希臘的油質冷霜（cold cream）乃至近代歐洲開發的雪花膏（vanishing cream），成分皆近似皮脂。透過歷史讓我們了解到比起添加的特殊成分，化妝品的基劑更為重要。

但，或許是廠商間的競爭越趨激烈，現在各廠商都主打具抗老化效果（？）或美白效果的化妝品。為挑起消費者的購買意願絞盡腦汁想廣告詞或猛做宣傳，原料廠商也宣稱自己生產的成分具有獨一無二的效用，業界與消費者皆陷入一團混亂，忘了什麼是美容的基本。

本章將會一一驗證廠商帶給消費者的情報是多麼地矛盾。為何乾性肌膚與皮膚老化的女性會出現低齡化的現象？我認為現代女性皮膚異常的老化現象與化妝品的亂象應該脫離不了關係。

破壞皮膚生態的化妝品

前一秒還在主張雙重清潔，下一秒又說不可以過度清潔。化妝品業界的花招還真不少。就連洗頭髮也是。一會兒推出具強效洗淨力的合成界面活性劑洗髮精，一會兒又要消費者小心不要過度清洗……

究竟化妝品業者所說的「小心過度清潔」指的是什麼呢？是為了避免破壞皮膚的防護功能嗎？還是，不要消滅皮膚上的微生物呢？抑或只是怕過度的清潔造成皮脂流失導致皮膚變得乾燥呢？

何謂皮膚的生態

各位泡澡時請順便觀察看看，將手臂舉出水面。你會發現水在皮膚表面形成水滴後滴落水面。這是因為皮膚表面有一層油膜，稱之為「皮脂膜」。

但，如果我們用添加了合成界面活性劑的潔膚品或洗髮精清洗皮膚，皮脂膜就會被洗掉，因此皮膚會暫時失去皮脂膜。不過就算皮脂膜消失，因為角質層內仍存在著數層的角質細胞間脂質，所以還是能夠防止水分滲透。

皮脂膜與角質細胞間脂質是皮膚很重要的防護牆。倘若我們屢次使用洗髮精或潔膚品，過不了多久，不光是皮脂膜就連角質的細胞間脂質也會消失，最後皮膚就喪失了防水的能力。

請回想一下剛才提過的泡澡時將手臂舉出水面的情況。有些人可能會說「我的手臂沒有出現水滴」。將手臂舉出水面時，不是像水滴落水面那樣，反倒是緩緩地變成一灘。這表示皮膚的防護功能已受損。從事美容、美髮的人就是最明顯的例子。因為雙手經常接觸洗髮精，所以手的皮膚都變得十分粗糙。

使用強烈的洗潔劑清洗是造成皮膚防護功能損壞的最大原因，這也是我再三提醒各位的事。

此外，潔膚品與洗髮精的主劑合成界面活性劑不只會破壞皮膚的防護功能。皮屑或含有氨基酸的皮脂等同於消滅了保護皮膚健康的微生物（常在菌或稱常住菌）。

五〇年代末期，我父親針對化妝品廠商濫用合成界面活性劑提出批判，並為了恢復因化妝品而受損的皮膚想出了「停止使用含皂成分的化妝品，讓皮膚儲存皮脂」的方法。這個方法至今仍相當有效。

現在仔細回想，這個方法不僅能讓疲勞的皮膚獲得休息，也是讓皮脂膜重新復原、使微生物重生的方法。

好幾年前，東京目黑區某大學附屬醫院的皮膚科醫師曾說過：「患者在進行治療前，我會要求她停止化妝，並且一星期不洗臉。光是這麼做，症狀就有一定程度的改善。」

另外，愛知縣安城市致力於過敏治療的磯邊善成醫師也說過類似的話。

我父親與這兩位醫師提出的方法都是透過重建皮脂膜及微生物的棲息環境來恢復皮膚的健康。

但，有時也會遇到對皮膚產生不良影響的壞菌，如化膿菌、白癬菌等。因此，藉由洗臉維持衛生與常在菌的平衡關係就顯得十分重要。維持良好平衡的情況稱為「皮膚的生態學」。

由皮膚生態檢視乳霜

把乳霜當成皮脂的代用品。那就製作近似皮脂的乳霜吧。

將油脂或膽固醇混合後，以高級碳化氫當作油劑的安定劑。高級碳化氫內含角鯊烯及礦物油，但說到油的溶解性還是礦物油較優，故潔顏用的乳霜最好選用礦物油。

皮脂是微生物最喜愛的食物。無論是棲息在皮膚上的微生物或外來的微生物都是如此。皮脂的成分包含棕櫚酸、油酸或硬脂酸等油脂，以及分解油脂時產生的脂肪酸，這些都是微生物喜愛的物質。

皮膚上的微生物平時與皮膚保持著良好的關係，但若彼此間的平衡被破壞，立刻就成為適合痤瘡桿菌等令人頭痛的壞菌繁殖地。

因此，我們必須更加關注乳霜的成分。

假如是皮脂分泌量少的乾性肌膚，也就是沒什麼微生物棲息的皮膚，那就得改善皮膚的環境、恢復皮膚原本的生態。此時塗抹可引誘微生物油劑成分的乳霜是很不錯的方法。像是皮脂內也有的棕櫚酸、油酸、硬脂酸等皆可列入考慮。

反之，若是易長粉刺、面皰等微生物異常增殖的皮膚，最好使用含高級碳化氫（礦物油或角鯊烯等）這類微生物無法攝食的油劑成分的乳霜。像戰前常用來洗臉的油質冷霜（無水型）就很適合。雖然目前已找不到，但美國仍可購得，我還曾經收到某位當地的皮膚科醫師寄來的郵件，內容正是這種乳霜的成分表。想到有人和我一樣認為乳霜必須依照皮膚的狀態來使用，我就覺得很開心。

有時因為皮膚的類型也會同時使用微生物喜愛及不喜愛的油劑成分的乳霜。大致上只要記住這些就夠了，而選購化妝品時別忘了順便看看化妝品包裝上的成分表。基本上詢問店家也很少會得到詳細明確的回答，所以還是靠自己比較實在。

乳霜除了使用的油劑不同，有些還會添加防腐劑避免微生物的異常繁殖。

當然，不管是洗臉用的油質冷霜或粉底霜，每個人都有自己的一套見解。

但卸妝時堅持只用礦物油或極力排斥「石油系的成分」，而完全不碰礦物油就是不太合理的行為了。

破壞皮膚生態的凝膠

說完乳霜後，接著來聊聊凝膠化妝品吧。

含水量高、黏性較低是凝膠化妝品的特性。假如你手邊正好有，請看看它的成分表是否有出現「丙烯酸烷基～」（acrylic acid alkyl）、「～異量分子聚合物」（copolymer）、「～交聚合物」（crosspolymer）、「～二甲矽油」（methicone）、「～矽靈」、「三甲矽油」（trimethicone）、「羧基乙烯聚合物」（carboxyvinyl polymer）、「聚丙烯酸ＴＡＥ」這類的成分呢？仔細找找或許還有「乙烯吡咯烷酮/VA聚合物」也說不定。

這類的合成聚合物又稱為合成樹脂，常被用做潔膚基礎化妝品的基劑。廠商就是利用這類合成聚合物的黏性與透明性製成市售的凝膠化妝品。後文會有詳細的說明，但請各位記住，把

肌膚出現問題時如何選用乳霜

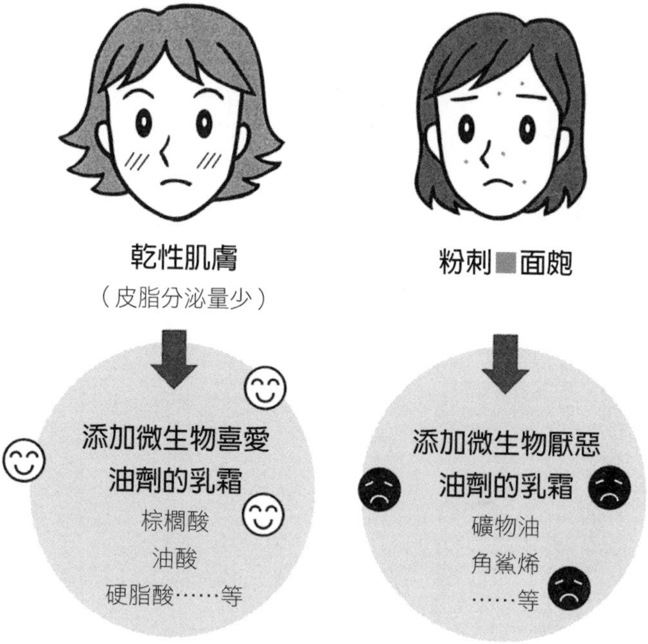

選擇乳霜時除了要注意使用的油劑，也要確認界面活性劑的種類及濃度。

合成聚合物直接塗抹在肌膚上是破壞皮膚生態的行為。

然而，許多添加了合成聚合物的化妝品，為消除消費者心中對合成聚合物的排斥感（這種傾向歐美比日本強烈）會在成分表中，標示使用了植物成分或與健康有關的成分來混淆消費者（請參考P75～76的表）。

凝膠化妝品常用的水溶性合成聚合物會延長皮膚的濕潤感，具有製造強韌皮膜的特質。因此使用後會覺得皮膚不再乾燥、有種黏黏的感覺對吧？大致上來說，合成聚合物都有這樣的特性。

配合濃度只需少量的〇・一～二、三％，對廠商而言是很划算的成分。而且因為用量佔整體比例又低，在成分表中常擺在很後面的位置，一點都不顯眼（化妝品的成分只要在一％以下的皆不分先後）。所以像是矽、氟樹脂等，具防水、撥油性的聚合物就被廣泛大量的使用。

不過，像P76所介紹的乳液在前幾項就有看到合成聚合物類的成分，其用量之多已不言而喻。潔顏油、潔顏霜等以「潔顏」（cleansing）為名的化妝品，通常在化妝品業界就是指添加了具高洗淨力的合成界面活性劑的洗面乳或洗髮精（這些又稱為合成洗劑）。

使用潔顏產品將皮膚的皮脂全部洗去後，再塗抹凝膠系的基礎化妝品等於是將合成聚合物的水溶液擦在臉上。失去皮脂的皮膚被合成聚合物的強力皮膜直接覆蓋住。假如睡前擦了凝膠

例1 TREATMENT Emulsion Brilliant（乳液・IONA）

成分名	用途
水	溶劑
角鯊烯	油劑
甘油	保濕劑
硬脂酸	油劑
岩石抽取物	保濕劑（水性浸出物）
桑白皮精華	保濕劑
玻尿酸Na	半合成聚合物、保濕劑
米糠醇	抗氧化劑
甘草類黃酮	抗菌劑
甘油硬脂酸酯	合成界面活性劑
脂肪酸醇類	油劑
精氨酸	氨基酸
蜜蠟	油劑
硬脂醯谷氨酸鈉	合成界面活性劑
矽靈	合成聚合物
聚丙烯酸	合成聚合物
BG	保濕劑
生育酚	抗氧化劑、維他命類
苯氧基乙醇	防腐劑
對羥基苯甲酸甲酯	防腐劑
對羥基苯甲酸丁酯	防腐劑

這款使用了矽靈、聚丙烯酸兩種合成聚合物水溶液製成的凝膠，在成分標示中以植物成分（表中粗字）及精氨酸（氨基酸）偽裝成健康的成分。此外，還加了將水與油劑（角鯊烯、硬脂酸、蜜蠟）用合成界面活性劑（甘油硬脂酸酯、硬脂醯谷氨酸鈉）乳化的乳液。粗字部分是陷阱。硬脂醯谷氨酸鈉是清潔用的合成界面活性劑，它很容易破壞皮膚的防護功能。

例2　COLLAGENING MILK（凝膠系乳液．P&G）

成分名	用途
水	溶劑
環甲矽脂	合成聚合物
甘油	油劑
菸鹼胺	保濕劑
乙烯 丙烯酸共聚物	合成聚合物
矽靈	合成聚合物
二甲矽油交聚合物	合成聚合物
PG	保濕劑
BG	保濕劑
泛醯醇	維他命類（V．B複合體）
二甲矽油衍生物	合成聚合物
矽膠油	合成聚合物
醋酸生育酚	抗氧化劑、維他命類
蔗糖棉子酸酯	合成界面活性劑
醣基海藻糖	乳化安劑
氧化鈦	紫外線散亂劑
苯甲醇	香料、防腐劑
加水分解水添澱粉	保濕劑
矽氧烷乳化劑	合成界面活性劑
PEG－10矽靈	合成聚合物
鯨蠟蓖麻醇酸酯	油劑
尿囊素	保濕劑、抗菌劑
對羥基苯甲酸甲酯	防腐劑
對羥基苯甲酸丙酯	防腐劑
EDTA-2Na	螯合劑
對羥基苯甲酸乙酯	防腐劑
茶葉精華	收斂劑
天冬氨酸Mg	氨基酸誘導體
葡萄糖酸鋅	親水性增黏劑
硬脂酸PEG－100	合成界面活性劑
黃金海藻萃取精華	保濕劑
氫氯酸	顏料
PEG PEG－18 18矽靈	合成界面活性劑
葡萄糖酸銅	著色劑
五胜肽	觸感改良劑

這是乳液宣稱有除皺的效果，添加了許多填埋皮膚凹痕的合成聚合物。成分表中列了多項看似與保健食品有關的成分（粗字部分）：茶葉精華、菸鹼胺、泛醯醇、天冬氨酸Mg等企圖矇騙消費者。硬脂酸PEG-100是清潔用的合成界面活性劑，它很容易破壞皮膚的防護功能。

化妝品，它會在你入睡的時候蒸發掉大部分的水分，這就像是在臉上貼著一層極薄的強力皮膜。

合成聚合物基本上分成三大類：①不易乾燥的凝膠類、②使用時是凝膠狀，過了一段時間會因為體溫而水分蒸發消失，在皮膚上留下半乾的皮膜、③不溶於水的物質。

另外還有一種是溶水性極高、皮膜形成力較弱的合成聚合物。我們經常使用的霜狀面膜即是。將以不透明劑調成白色的聚合物厚厚地塗抹在臉上，等過了一段時間水分蒸發後再從臉上將其剝落。這種霜狀面膜和敷熱毛巾的原理相同，利用蒸氣去除污垢，對皮膚來說不算是不好的東西。

但，不同於霜狀面膜使用的是溶水性佳的聚合物，經常用來製作美容液等的合成聚合物則是②的合成聚合物。約莫一小時就能將水分完全蒸發，在皮膚表面留下極薄、宛如橡膠般的膜。

有些廠商會說「合成聚合物不會腐壞，因此我們不添加」。但我比較疑惑的是，不添加指的究竟是什麼。不會腐壞就不會造成危害嗎？合成聚合物能夠保護皮膚的生態嗎？

多數人都忽略了這點，即便是濃度很低的合成聚合物水溶液，它仍是皮膜形成劑的成分。較具代表的有「~二甲矽油」（矽類）、「氟基」或「異量分子聚合物」（copolymer）等標示名稱的皮膜形成劑。

凝膠的含水量低卻會在皮膚表面形成強力的皮膜。請試著想像，用保鮮膜或塑膠袋包住臉的情況。在那樣的環境下皮膚上的微生物將無法存活。合成聚合物擾亂了皮膚的生態，形成令微生物難以生存的環境。

合成聚合物之所以不好並不是因為它是「合成」的關係。那是因為它會形成微生物無法代謝的皮膜，使他們的行動、生活與繁殖受到妨害。人類不也是如此，假如我們被困在被黏體密封的空間內還能存活嗎？

或許短時間內沒什麼大礙，但時間一拉長不就等於是自己放棄皮膚的健康。北美洲、歐洲、澳洲等地乾季時期氣候乾燥。我的某位親友曾短期調派至澳洲工作。他告訴過我「這裡的空氣很乾燥，氣候也是，請你寄化妝水過來給我」。

即使皮膚防護功能再好，遇到像這種地區特有的乾季，皮膚的水分也免不了被蒸發的命運。

那麼，皮膚防護力較差的歐美人都是使用怎樣的化妝品呢？他們多是使用可減少水分蒸發的凝膠化妝品。沒錯！添加了合成聚合物的凝膠化妝品本來就是從國外的進口化妝品。為了讓皮膚免受乾燥氣候所帶來的疼痛之苦，只好先把皮膚的生態問題擺在第二順位、第三順位⋯

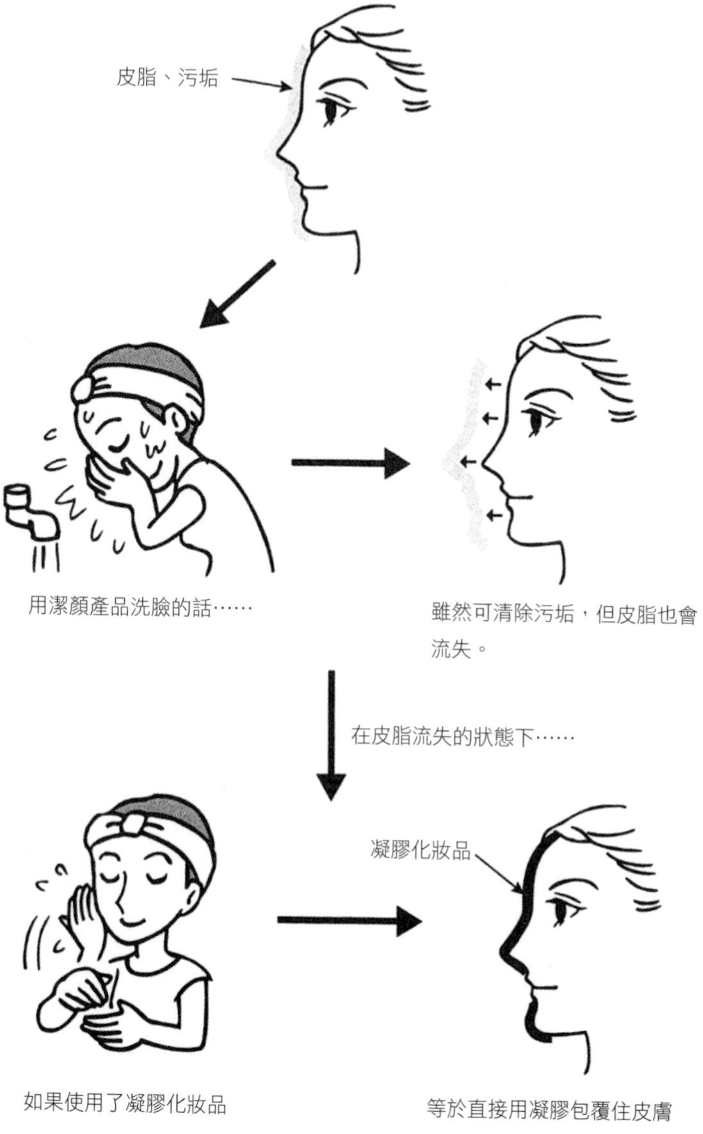
皮脂、污垢
用潔顏產品洗臉的話……
雖然可清除污垢，但皮脂也會流失。
在皮脂流失的狀態下……
如果使用了凝膠化妝品
凝膠化妝品
等於直接用凝膠包覆住皮膚

…，不，根本不把它當一回事了。

其實就日本的氣候來看，並不需要用到凝膠化妝品。在不知道的情況下引進這類化妝品的人也就算了，有些業者明明知情卻還打著「這是無添加化妝品」的口號惡意欺瞞消費者，真是太沒良心了。

水溶性合成聚合物就像軟膏的閉塞劑一樣（在皮膚表面形成皮膜，使藥劑不掉落的密閉劑）只在短時間內發揮作用。

日趨惡化的合成界面活性劑濫用情況

接下來，我想針對皮膚的生態與合成界面活性劑的關係做說明。

為了保護皮膚的生態，排除會對皮膚造成負面影響的細菌是非常重要的事。導致粉刺生成的痤瘡桿菌便是其一。近年來，市面上出現了大量的抗痘用潔顏化妝品（藥用化妝品）。

這類化妝品的特徵是，利用合成界面活性劑清潔分泌皮脂的毛孔，另一方面再以水楊酸等殺菌劑來扼殺痤瘡桿菌。其實這個方法早在四十多年前就被提出過，直到近幾年才開發出滲透性強、刺激性低的合成界面活性劑。

但，濫用合成界面活性劑會導致皮脂腺功能衰退，更有變性破壞皮膚防護層根基「角質層」的可能。

從多年使用潔顏化妝品洗臉的女性，在年輕時就容易成為乾性肌膚的情況，就不難看出濫用合成界面活性劑，確實會造成皮脂腺功能的衰退。

抗痘用化妝品的主要消費族群是青春期的少年。還記得第一章曾提過，孩童的皮膚尚未發育完全，皮膚的防護功能很薄弱。對這種仍在發育中的皮膚來說，長期使用合成界面活性劑是相當危險的事。

當然，會受到影響的不光是年輕孩童的皮膚。皮脂分泌減少就容易成為乾性肌膚，使皮膚的生態陷入混亂。這麼一來，你也不得不面對「皮膚正在老化」的棘手問題。通常使用這類化妝品的人常會一心想著要趕快治好粉刺，忽略了毒性物質的存在。但，女性的肌膚本來就因為皮脂分泌不足而容易老化，假使又讓皮脂腺的功能衰退，無疑是雪上加霜。最終的後果可不是變成乾性肌膚那麼單純的問題而已。

此外，近來的化妝品就連美容液、化妝水等，完全沒有必要性的商品也添加了界面活性劑，等於是助長了界面活性劑的濫用。過去在化妝水裡添加合成界面活性劑只限於在水（化妝水）裡加入微量的油（A醇等）。合成界面活性劑被當做幫助水油相溶的「可溶解劑」，只能放極少的量。

然而現在，就連化妝水、美容液等產品卻都為了提高保濕性而濫用合成界面活性劑。各廠商競相推出添加了米精華或氨基酸等成分的產品，主張可讓皮膚長時間浸泡在水裡，掀起一股保濕霜熱。但真正了解保濕產品的效果其實是來自合成界面活性劑的人卻是寥寥無幾。而且，這類的化妝品多半又都是凝膠。

雖然氨基酸對老化的皮膚很重要，但使用以氨基酸製成的合成界面活性劑（俗稱氨基酸系合成界面活性劑）破壞皮膚的防護層，還欺騙三十、四十歲的女性消費者這是「化妝水滲透至皮膚內！」的行為實在很不可取。

被科學情報誤導的現代人

就算把對皮膚健康有效的藥劑成分塗抹在皮膚表面也是徒勞無功。透過皮膚內部組織的化學解說，發現構成皮膚成分之一的玻尿酸與氨基酸很重要，而將其添加至化妝品內，這些成分也無法讓你的皮膚細胞恢復年輕。為減少皮膚表面的水分蒸發，光靠「保濕」就沒問題了嗎……

……

科學情報過度氾濫的今日，導致了化妝品的濫用。這也不行、那也沒用，那下次就改用……，為了讓皮膚變美而不斷嘗試各種化妝品的「化妝品流浪者」，你是否也是其中一員！請好好正視濫用化妝品會破壞皮膚的這個事實。

接下來我將為各位說明化妝品業界的「科學說明宣傳手法」。

正確的抗氧化觀念

現今的化妝品經常會附帶上科學性的說明。舉個例來說，以下是某家化妝品廠商的目錄，內容寫著：

①膠原蛋白對美容來說是很重要的蛋白。隨著年齡增長，生產量會逐漸下降。

②我們將膠原蛋白製成水溶液添加在化妝品內。

有些廠商為了說服比較吹毛求疵的消費者還做了注解：「膠原蛋白是蛋白，直接使用可能會引起過敏反應。所以我們使用的是切除了膠原蛋白終端的抗原、不會引發過敏的去端肽膠原（atelocollagen）。」

上述的內容問題就在於，①與②的內容根本毫無相關。像膠原蛋白這種高分子，分子量過大根本無法滲透進皮膚。即使製成水溶液也是如此，只會留在皮膚表面而已。①和②很明顯地就是兩碼子事。

業者含糊帶過①與②之間缺乏關聯性的矛盾，使消費者產生「要為皮膚補充膠原蛋白」的錯覺，這就是他們的銷售手法。

順便再舉另一個例子。

打著「預防過氧化物毒物的發生」的口號，大量地在食品、化妝品內添加抗氧化作用的成分。即便推出了許多號稱有抗氧化作用的食品及營養補充品，罹癌的人數卻不曾減少過。由此可知，科學說明不過是個噱頭罷了。

因為知名的藝人在電視上不斷提到初榨橄欖油，說它具有「高抗氧化作用」，使初榨橄欖油在一夕之間爆紅。

然而，當替這橄欖油宣傳背書的醫師被問到「橄欖油中的具抗氧化作用的物質是什麼？」時，卻出現了啞口無言的尷尬場面。想必這位醫師只是掛名就連植物油的基本成份也沒調查過吧。

說到植物油中代表性的抗氧化成分，那就是維生素E。但，橄欖油的維生素E含量卻只有其他植物油，如紅花籽油、芥花油、葵花油、大豆油、麻油等的數分之一左右。因此，主張橄欖油的抗氧化作用實在沒什麼說服力。

過去，法國的路易十六提出使用橄欖油製皂減稅的政策獎勵橄欖油的生產，使橄欖油變得舉世聞名，與美容並無太大關係。每種植物油都有其獨自的特徵，並不是每一種都對皮膚有益。

此外，還有一件事千萬不能忘記。那就是，皮膚與外界空氣接觸的部分只有角質層而已。角質層（現亦稱角質）是由數列死亡的細胞重疊而成的堅硬蛋白壁，即角質層（角蛋白），也就是死亡細胞組成的防護牆。

假如是活細胞也就算了，對已經死亡的細胞施予抗氧化劑究竟有何意義？這就像是讓已經死了的人吃任何藥也無法復活一樣。

消費者在不知不覺間被灌輸了讓橄欖油滲透皮膚、活化皮膚組織的觀念。但，我們的皮膚有著防護功能，橄欖油根本無法滲透進去。因此，自然也無法對皮膚的內部組織產生作用，發揮抗氧化性（或起抗氧化效果）。以「抗氧化對皮膚組織來說極為重要」暗示消費者，接著展開「毫無關聯性的科學說明手法」。

其實，「氧化」現象對皮膚的角質層反而有強化生成的作用。關於這點在第一章也稍微提過一些。對美容而言，擁有保護皮膚、新鮮並緊密形成的堅固防護牆（角質層）非常重要。

讓抗氧化劑滲透至皮膚的方法只有透過飲食進入血液，經由心臟輸送到身體末端的皮膚。除此之外，你唯一能做的就是早晚用熱毛巾敷臉。這麼做可使皮膚附近的毛細血管膨脹、讓血液進入皮膚。切記！化妝品與食品是完全不同的東西。

另外，你或許也聽過「橄欖油會吸收讓皮膚細胞產生過氧化物的紫外線」的說法，但這是所有植物油的通性。而且，要說到阻斷紫外線的話，用量不到一%的鈦白（氧化鈦）比植物油更有效喔。

有效成分與植物精華都必須先破壞防護層才能進入皮膚

皮膚有阻隔外界物質滲透的系統、防護功能。因為有防護功能，讓我們可以把毒氣、漆酚等一部分的植物毒（後述）排除，安心地將化妝品及植物精華塗抹於皮膚上。如同前述的膠原蛋白，這次要舉的例子是胎盤（胎盤萃取物）。以下是某品牌美容液的宣傳內容：

①添加胎盤萃取物。

②胎盤是膠原蛋白和彈力蛋白（elastin）的來源，它可促進線維芽細胞發揮作用，幫助妳擁有「年輕有彈性、有光澤的皮膚」。

姑且先不提這個宣傳內容已嚴重違反了藥事法。首先，必須讓各位知道胎盤分為水溶性與油溶性。

油溶性的胎盤會被夾在角質細胞間脂質層內的結合水層，或與帶角質的異物之結合力等皮膚的防護功能阻擋下來，無法滲透至皮膚內。

而水溶性的胎盤因為會被皮膚的防護層強力阻隔下來，所以同樣無法滲透進皮膚裡。總歸一句話，胎盤是無法滲透至皮膚內的物質。因此，這個關於胎盤的說明也和之前的膠原蛋白一樣，①與②之間並無關聯性。

為了讓胎盤滲入皮膚內就得添加會破壞皮膚防護層的合成界面活性劑。換個角度來說，假如是強調「絕對沒有添加合成界面活性劑的安全化妝品」反倒沒有效果。但，不會滲透也代表還算是安全。

糟就糟在廠商為了讓胎盤能滲入皮膚，而將化妝品製成含破壞防護層成分的東西。使用這種化妝品，皮膚會因此萎縮產生皺紋，也就是我們常說的「阿婆肌」。

聞起來帶著香味卻含有會產生斑點的引誘物質的植物精華，效果不錯卻可能致癌的植物精華……這類的精華因為皮膚的防護功能而無法滲入皮膚，因此可使用。

那麼，相信原本打算使用添加胎盤成分化妝品的人，應該都已了解植物精華並不是好的成分。像這種有毒的成分和胎盤加在一起，根本沒什麼效果。

或許有人會想「用不著那麼敏感吧」。那麼，請試著回想看看抗老化化妝品流行的現狀。愛用這類化妝品的人多為乾性肌膚，皮膚的防護功能已徹底受損，所以才能完全吸收那些成分。

關於這點後文會有更詳細的說明。植物為了抵抗各種微生物及昆蟲的攻擊，本身都帶有自衛作用的毒素。我們不清楚這些毒素會對皮膚造成怎樣的影響，故對那些成分更要小心。就連擺在家裡的可愛觀賞用植物，甚至一般食用的蔬菜都有可能對皮膚造成危害。

關於「試管實驗」、「活體實驗」

到了今日，除了植物就連微生物的副產物、礦物，甚至南方海底的泥土都能當成化妝品的原料。我年輕時曾去福島縣的棚倉打高爾夫球，當地的黏土與我蜜月旅行時去過的帛琉海底的沙，現在都成了化妝品的原料之一。

而且，不管是哪種成分都宣稱「實驗的結果證實此成分具有活化皮膚細胞的效果（或美白效果）」（藥妝品當成宣傳的手法，化妝品則以暗示方式呈現）。

幾年前，抗老化化妝品大受歡迎，市面上出現各種宣稱「具抗老化效果」的植物精華。我也在電視上看到某大廠牌推出類似的廣告。

可是，百餘家的化妝品製造廠商，真的有可能各家都有獨自開發的精華或藥效成分當成原料嗎？而且廠商的宣傳更是誇張，說什麼只要使用十天、二十天甚至是十五分鐘「皺紋就通通不見」！

像這樣的廠商不是只有一兩家。各廠商使用了各種植物精華、胎盤萃取物、酵素、補輔素、礦石、更誇張的還有「水」或是利用奈米科技微分化的成分來製造基礎化妝品並宣傳其功效。有時看到他們的宣傳，我都忍不住心想「這已經是違法的宣傳了吧」。

有件事我從很早以前就很想確認，那就是知名廠商常說的「實驗的結果證實此成分的效用」這句話。

經皮膚測試的結果不就只是代表：

①該成分是否真的滲透皮膚、活化皮膚內部的組織。

②切除皮膚的內部組織放入試管內並滴入萃取精華的溶液。

既然皮膚有防護層，這些成分應該無法滲入皮膚內。因此，真正的結論應該是②。但又免不了會想「大企業的研究應該不會那麼隨便才是」。

所以我一直很猶豫這麼直接地說「那是騙人的實驗！」究竟妥不妥當。

想讓成分滲透至皮膚內就必須破壞重要的皮膚防護功能。這在美容上是相當嚴重的問題。

某知名廠商的海外宣傳廣告（截取部分內文）

> 經In vitro實驗後證實，此活性萃取物可提高纖維芽細胞（分佈於真皮、生產膠原蛋白纖維的細胞）的膠原纖維生產量及保持皮膚彈性的玻尿酸之生產量。

「經In vitro實驗後～」這句話也代表著「實際效果如何我方概不負責」。

事實究竟為何？對化妝品製造廠商來說，最不想聽到的問題就是，「要如何讓成分滲入皮膚」。對任何廠商而言，聽到這類的問題第一個反應就是趕快裝做若無其事地矇混過去。

請仔細看看、仔細聽聽那些宣傳廣告的內容。各廠商絕對不會主動提及「有添加合成界面活性劑」。但偶爾還是會聽到某些廠商自曝「使用合成界面活性劑（現在石油系的較少）破壞皮膚的防護層才能讓成分滲透不是嗎」？

不過，若是對海外國家進行宣傳時，特別是美國，打出有效成分來宣傳功效是很危險的事。假如宣傳內容與實際情況有異，或是被發現皺紋減少的原因並非皮膚變健康而是水分的注入使皮膚膨脹所致，這種種原因都很有可能引起訴訟。畢竟美國可是曾經發生過某位女性將淋濕的貓放進微波爐致死，卻以「說明書上沒有提到不可以那麼做！」為由向廠商提出千萬金額賠償官司的國家啊。

因此，宣傳上也出現了所謂的強制規定。與其說是規定倒不如說是為了自保而衍生出來的用詞，也就是我接下來要說明的「In vitro」。

In vitro，正式的說法應該是「test in vitro」也就是「試管內的實驗」。不過，這種實驗「無法證實某成分對你的皮膚是否真的有幫助」。簡單地說，這是毫無意義的實驗。

而能夠符合消費者要求的則是「test in vivo」後的結果。即「經體內實驗後得到的效果」。

大多數的情況下，In vitro與In vivo的實驗結果幾乎都不相符。兩者間並無太大的連結性。特別是化妝品，常是根據In vitro的實驗結果來對外發表「證實具有○○○的效果」，這簡直和詐欺沒什麼兩樣。只要想到皮膚的防護層被破壞就知道那只是廠商編出來的謊言。

事關皮膚，怎麼可以不用In vivo的實驗結果來加以驗證呢。

揭穿宣稱「可滲透皮膚」的化妝品之真面目

日本知名企業「味之素」（AJINOMONO）以氨基酸為原料生產製造化妝品「Jino」，並以「化妝水會自然滲入皮膚」、「五○%的天然保濕成分為氨基酸」當成廣告宣傳詞。

但，請各位稍微回想一下前文曾提過，皮膚會將水彈開，也就是說水分無法進入皮膚內。

試管内實驗

體内實驗

因此，溶解於水的氨基酸保濕成分應該也不可能滲入皮膚。

味之素的化妝水之所以能夠滲入皮膚，那是因為裡面添加了氨基酸系的合成界面活性劑破壞皮膚的防護功能。我認為這非常糟糕。因為即使角質層的天然保濕成分有五〇%是氨基酸，且量會隨著年齡增加而減少，利用大量的合成界面活性劑讓這些保濕成分進入皮膚並不是件好事。

為了讓角質層內充滿水分而破壞防護層，將使皮膚變成容易流失水分的乾性肌膚。讓水滲透，過沒多久又蒸發消失，然後再用化妝水使水分滲透，然後蒸發得更快速（連皮膚原有的水分都消失了），於是又再使用化妝水……，這麼一來，只是不斷增加化妝品的使用量不是嗎？

但，廠商為了避免被消費者發現「欸~水分怎麼那麼快就消失了？」所以會添加前文提過的合成聚合物或油脂當成閉塞劑（=防止水分消失的栓塞），撐個四、五天才讓水分消失。

順帶一提，除了清潔用品公司，食品化學公司也經常推出化妝品，因為他們可以輕易取得氨基酸製作合成界面活性劑，這也算是他們的得意強項。

大公司應負的社會責任

除了化妝品的特徵，廠商的問題也不小。假如是一般的小公司，消費者對於其商品的宣傳都會比較注意，然而遇到大公司可就不是那麼一回事了。多數的人都相信「那麼大的一家公司應該不會騙人才對」。

這就像是過去房仲業者常把二百公尺～三百公尺的距離誇大為「只需徒步一分鐘」的距離。但現在也已修正為八十公尺。

直到今日，化妝品業界包括知名大廠仍將漂白說成是美白、用水分灌飽皮膚說成是抗老化。這和過去的房仲業者簡直如出一轍不是嗎？不，可能還更誇張呢。

人體的科學情報比物理、化學的情報來得更為複雜難懂。但，電視是個分秒必爭的世界，怎能將如此複雜的情報只花個幾秒就正確傳達出來呢。當然，我們看到的都是已經簡略過的情報，但多數的廠商卻抱著僥倖的心態製作看似合乎科學根據卻誇大不實的宣傳內容。

有些比較實事求是的人看完那些廣告後會來問我，「他們說的是真的嗎？」我想，與其來問我應該直接去問製造廠商吧。可是，他們卻選擇來問我。想必是製造廠商拒絕了回答。不少大公司都會雇用許多畢業於藥學系、理學系或工學系的人，那麼他們的知識應該很豐富才對，既然如此那就應該好好回覆這些消費者的疑問。

Q10並無除皺效果

好幾年前開始，市面上很流行Q10輔酵素（Coenzyme Q10，化妝品標示名稱為UQ10）這種抗老化劑。只要是添加Q10的化妝品都會熱賣，據聞當時一公斤的Q10還曾喊價到三十幾萬。那股熱潮現在似乎已平息下來……

但儘管Q10的價格飆漲，根據藥事法的規定可調配於乳霜的量僅限〇．〇三%，也就是說三十克的乳霜裡Q10的含量頂多三元左右。四十克的乳霜也不過近四元。如果把它加到凝膠裡（不是調配，就是添加）照樣可以說是抗老化化妝品。我想廠商肯定都笑到合不攏嘴了。

關於Q10這種成分，有件事我感到很可疑。

二〇〇四年秋季，厚生省將Q10定為「只要不標榜具有醫藥品的功效，就不認定為醫藥品的成分（原材料）」。即「Q10是可當成一般食品攝取的成分，也可當成添加物使用」。換言之，過去被當成心臟病藥物的Q10，現在也可當成營養補充品（食品）來使用。

但，二〇〇六年三月，內閣府的食品安全委員會專門調查會針對「Q10」的攝取基準量進行審議後，歸納出「因缺乏對人體健康影響的科學情報，關於基準量的設定尚未定案」的結論。

只要不標榜功效就不算是醫藥品，可當成食品處理。但對身體會造成怎樣的影響仍不得而知。這就是Q10。

話雖如此，這只是關於Q10的食用，至於化妝品則另當別論，畢竟化妝品是不能吃的，有必要也遵循「不得超過○．○三％」的嚴格規定嗎……

究竟Q10是從何時開始被當成抗老化劑且大受歡迎的呢？

某位德國的醫師讓多位女性使用調配了Q10的乳液之後，對外發表了二個月可改善皺紋的言論。

但，乳液卻是化妝品當中繼洗髮精、潔顏產品後，最常濫用合成界面活性劑的化妝品。因此，乳液的水分可滲入皮膚，讓皮膚因水分膨脹進而消除眼角的皺紋已是眾所周知的事實。

在歐美國家，乳液、乳霜甚至是化妝水，都有大量添加合成界面活性劑，利用它讓水分滲透皮膚是很稀鬆平常的事。所以持續擦乳液兩個月，即使不是所有人，也會有不少人的皺紋情況獲得改善。就算沒有添加Q10也是如此。

順帶一提，因為Q10是親油性物質，加到化妝水裡會產生分離、無法相溶，但只要添加合成界面活性劑即可。而乳液本身已含有合成界面活性劑，故調配上更為方便。

說了這麼多，關於Q10無法當成抗老化劑還有個關鍵性的理由。

Q10的分子量是863。但可滲透皮膚的分子底限，以破壞皮膚的防護層來說也只到500左右。因此，分子量過大的Q10是無法滲透皮膚的物質。

一再誤導民眾的大公司與大眾傳媒

許多導致皮膚出現問題的原因皆出自於化妝品，但傳媒卻都置之不理。未事前查證廠商的言論就隨便刊登廣告、報導。不過，廠商是傳媒的金主，受制於人的傳媒也只好「拿錢辦事」。我還記得曾有某雜誌報導過某公司向某報提出「我們會贊助貴報社的廣告，條件是把關於我們化妝品的負面報導交出來」。面對提供巨額廣告費的贊助商如此施壓，當然只好乖乖照做。

只單方面撰寫廠商言論的記者

約莫二十年前，某新聞曾刊出一篇「洗髮精有益頭髮，香皂會造成損傷」的報導。當時負責的記者前往清潔劑製造商花王進行採訪後撰寫了報導。

經洗髮精溶液與乙硫醇酸氨溶液處理後毛髮的強度變化

測試品	pH	洗髮精處理		洗髮精・TG處理	
		毛髮的斷裂強度		毛髮的斷裂強度	
		(kg/mm3)	防禦率(%)	(kg/mm3)	防禦率(%)
常水	6.10	25.75	-0.66	24.43	-5.75
ABS Na	6.65	25.21	-2.74	23.57	-9.07
LS Na(局方)	7.10	25.25	-2.58	23.52	-9.26
LS Na(99%)	7.50	24.82	-4.24	23.41	-9.68
鉀皂	10.10	25.53	-1.50	24.26	-6.40
潔顏（膚）皂	10.30	24.62	-5.01	19.63	-24.27
家用清潔劑（液狀）	8.35	24.66	-4.86	19.98	-22.92
家用清潔劑（粉狀）	9.80	24.11	-6.98	18.96	-26.85
市售洗髮精A（液狀）	8.75	24.50	-5.48	21.22	-18.13
市售洗髮精B（液狀）	7.40	23.63	-8.83	20.71	-20.10
市售洗髮精C（液狀）	6.85	24.82	-4.24	20.00	-22.84
市售洗髮精D（液狀）	7.80	24.47	-5.60	17.61	-32.06
市售洗髮精E（液狀）	7.10	25.20	-2.78	19.19	-25.96
市售洗髮精F（液狀）	7.05	24.46	-5.63	19.95	-23.03
市售洗髮精G（液狀）	7.95	24.66	-4.86	21.14	-18.44

■洗髮精處理……單純進行洗髮精處理後的毛髮強度變化。

■洗髮精・TG處理……進行洗髮精處理後再以乙硫醇酸氨溶液處理的毛髮強度變化。

■固狀與粉狀所使用的測試溶液皆為等量的水溶液。

■pH：洗髮精測試溶液在20℃時的pH值。

出處：狩野靜雄 「洗頭液劑和冷燙液的關係」

（作者註解）

鉀皂……液態香皂（皂性洗髮精）。皂純度約三〇%。

潔顏（膚）皂……固態香皂。皂純度近一百%。

濃度越深越傷髮質，故洗髮最好選擇鹼性皂。

洗髮精分為兩種，一種是將香皂以外的界面活性劑（俗稱合成界面活性劑）當成洗淨劑，另一種則是以香皂為洗淨劑。前者稱為合成洗劑系洗髮精或洗髮精，後者稱為皂性洗髮精。

根據我手邊現有的資料，比起皂性洗髮精，合成洗劑系洗髮精會造成頭皮的異常、細毛、分叉與表面毛鱗片消失等問題（請參閱P98）。

重回剛才的報導。那位記者只聽取了廠商單方面的意見就撰寫了那篇報導。花王是清潔劑的製造廠商，當然會力推合成洗劑系的洗髮精。考慮到這點的話，記者也應該要去採訪香皂廠商的意見才是。合成洗劑與香皂間的對立情況早在數十年前就已經開始，記者不可能不知道這一點。既然兩方對立，只提一方的意見未免有失公平。

當時提倡罷用合成洗劑的柳澤文正老師（已故）曾提到，民間消費者保護團體曾為此到報社進行抗議。最後卻得到「願意道歉但不會對此做訂正聲明」這種毫無誠意的回應。但這卻也是媒體經常使用的手法。

自掘墳墓的問卷調查結果

過去，合成洗劑就被指出有「會引起發炎」的缺點。因為它所含的高刺激性成分會滲透進皮膚裡。

二〇〇四年曾有過油醇系（oleyl）界面活性劑流入眼睛會引起眼睛痛、視線模糊、暫時性視力衰退等問題的報導。這就是合成界面活性劑的刺激性所致。現在，為避免發炎情況的產生，業界不斷開發盡量不會造成刺激的合成界面活性劑。

話雖如此，我認為合成界面活性劑還是要有些刺激性比較好。假如完全沒有刺激性，消費者就不會察覺到其毒性而持續使用，致使皮膚的防護層受到破壞。若感到刺激而立刻出現發炎或中毒的症狀，即使當下會感到不舒服，也可藉以提醒自己要更加小心注意，不失為學習合成界面活性劑知識的好機會。

那麼，有了前述的基本認知，請各位看一下該廠商發表的問卷調查結果。

在新聞刊登了那篇報導後約莫兩個月，該廠商找來三百名消費者進行了問卷調查，並對外發表「有頭皮困擾的人超乎想像的多」的結論。有趣的是，大多數的病症幾乎與使用合成洗劑所引起的疾病極為類似。

超過七成的人有頭皮的困擾，但有頭皮屑煩惱的人減少了

花王的護髮研究所針對頭皮的健康狀態進行調查後發現，七成以上的男女皆有頭皮方面的困擾。兩性間並無太大的差異。

頭皮的困擾以頭皮發紅的紅斑（發炎）佔七成居第一，其次是頭皮屑三成、粉刺膿的二成。

而進一步測試皮膚功能的結果更發現，不健康的頭皮含水量及皮脂量不足，防護功能明顯降低。特別是觀察有頭皮屑的頭皮，含水分與皮脂量皆少，呈現出乾燥粗糙的皮膚狀態。

關於頭皮屑的生成，二十多年前的消費者平均二、三天洗一次頭，二〇〇〇年後則演變為幾乎每天都洗頭。不過，過去居頭皮困擾首位的頭皮屑卻減少了。

花王打算將此次調查的頭皮現況應用在新洗髮精的開發上。

此調查是在二〇〇四年七月及十二月進行。受訪對象為居住於首都圈十二～六十九歲的男女共三百四十五人，皮膚功能測試也是同批受訪者中的二百九十八人。

※關於先前某所做的相關報道，本公司一概否認。現代人因為使用洗髮精才出現那樣的傷害。

（2006/6/7 FujiSankei Business i.）

的確，慣用皂性洗髮精的人很少出現頭皮紅腫，發炎的現象，多半是慣用合成洗劑的人才會有這種情況。「防護功能降低」也算是間接證實了合成界面活性劑發揮了效果（？）。會破壞皮膚防護功能的物質並不存在於香皂內，它只存在於洗髮精等會添加的合成界面活性劑內。

對於問卷調查的結果，花王所下的結論卻是：

「打算應用在新洗髮精的開發上。」

我真想問問花王究竟在想什麼！只要製作安全的皂性洗髮精不就好了嗎？想當初他們推出「索菲娜洗髮精」的時候不就是以「極力減少界面活性劑」當做宣傳的口號，為什麼不繼續堅持當時的想法呢？

身為知名大公司的花王，應該要有對社會大眾負起責任的自覺才是。

到底應該相信誰？

和花王一樣不負責任的大公司不在少數，接下來這家公司也是如此。

二〇〇〇年，資生堂刊登了一則廣告。廣告的內容在說明皮膚防護功能的重要性。但，時隔六年該公司又刊登了另一則廣告。這次的廣告內容卻明顯忽視皮膚的防護層。

我選擇直接說出企業的名字是因為，花王與資生堂對消費者來說都是影響力頗大的知名企業。我希望他們今後別再做出會誤導消費者的言論。

此外，各位也可去看看網路上其他廠商的化妝品宣傳廣告。保證你會被他們誇張的內容嚇到說不出話來。在今日這個網購人數日趨增加的時代，女性們也必須好好努力，讓自己具備了解化妝品廣告內容的基本知識。為了保護你的皮膚，為了不被廠商騙得團團轉，擁有一定的知識是必要的事。

報導就是真相？

二〇〇五年八月，京都府立大學的教授發表了這樣的言論：對羥基苯甲酸甲酯（Methyl 4

—Hydroxybenzoate；世界知名的低毒性防腐劑）具光毒性，是導致斑點生成的原因。經新聞報導後立刻引發話題。當然，那是試管實驗的結果。

對此，代表業界的日本化妝品工會聯盟以過去的國際實驗資料為依據，提出「對羥基苯甲酸甲酯的安全性受到全世界肯定」的反駁。但，新聞在報導中卻沒提出這項反駁。

既然要寫成報導，對於與內容相關的反駁言論、討論後的意見驗證，以及為何做出如此結論的經過都應該詳細記載，否則就太沒有責任感了。

由於事件發生在日本，以下就讓我為各位簡略地說明一下這起事件的經過。

對羥基苯甲酸甲酯是世界公認非常安全的防腐劑，但根據新聞的報導，京都府立醫科大學的生物安全醫學講座（負責人吉川教授）透過實驗發現，角質細胞（請參照第三章）會因為對羥基苯甲酸甲酯的光毒性提高死亡率，這是導致斑點、老化的原因。

關於這點因為當時相關資料不多，所以我在那時的著作《自行調查化妝品的毒性判斷百科事典》（METAMOR出版）中便寫道，對羥基苯甲酸甲酯是水溶性的物質故難以滲透至皮膚內。但在更明確的調查結果出現前，還是請各位先別用會破壞防護層的化妝品。

日本化妝品工會聯盟舉出反證，說明對羥基苯甲酸甲酯幾乎不會吸收陽光中的紫外線，美國的評價機關也表示，對羥基苯甲酸甲酯被紫外線照射後也不會對皮膚產生刺激。

「那篇報導究竟是哪裡出了問題？」有這個疑惑的人不妨到上野製藥（股）公司的官網找一篇標題為「關於朝日新聞近日所報導的對羥基苯甲酸甲酯與紫外線的作用」的文章。文中提到美國的ＦＤＡ（食品藥品管理局）與歐洲的食品藥品管理局皆認定，對羥基苯甲酸甲酯通過皮膚刺激性測試、皮膚光感性測試及其他毒性測試，是種極為安全的化妝品及食品防霉劑，並且還附上與先前那個實驗的助教的討論。

報告中也出現了「試管實驗」一詞。令人驚訝的是，包括吉川教授的發言皆與新聞報導的內容完全不同。那份報告的內容淺顯易懂，我很推薦各位去讀一讀。

報導當時也曾傳出「進行實驗的教授擔任化妝品公司芳柯（FANCL）的顧問，這個實驗似乎是為了替一向主張不使用防腐劑的該公司做宣傳」的傳言。

過了一段時日，我又找到一份有趣的資料。某天我偶然在ＤＨＣ的官網看到「關於羥基苯甲酸酯類使用的真相」的網頁，裡頭就記載了類似證實芳柯傳言的文件。

內容的大意是：「芳柯公司向京都府醫科大學提出贊助講座設立的提議，自二〇〇四年五月起長達三年的時間設立了近億元的贊助講座，關於這件事也已公佈在京都府的官網上。」文中也附上了京都府官網的連結網址。

我立刻連結到京都府的官網一探究竟。果不其然，真的有公佈。而且講座的名稱是生物安全醫學講座，主講教授為吉川敏一教授。

實際詢問吉川教授本人後，得到的回答卻是「我沒說過報導中刊登的那種話」，這麼看來教授本人好像也無端受到牽連。

話雖如此，導入吉川教授擔任技術顧問的公司（並非芳柯）所開發的抗老化檢測系統的醫療機關裡，卻也有提供芳柯研發的醫療機關專用營養補充品，所以也不能斷言吉川教授是無辜的受害者。

化妝品業者聘請醫學界的重量級人物擔任顧問，甚至出現在廣告文宣的情況似乎有點過了頭。其實，對於多數的大學教授擔任化妝品公司的顧問會招致誤解而感到反彈的學者也不在少數。

對此感到有興趣的人，請透過你的雙眼好好確認。

總歸一句話，我認為將正確的情報傳達給消費者是傳媒工作者的責任。如果老是做些做賊的喊捉賊的不實報導，只是淪為企業宣傳的工具。

順便說個題外話，之前我在電視上看到芳柯的相關人員說「本公司打算製作不加防腐劑的化妝品」。化妝品的價值是本身的價值扣除添加物的缺點。雖然目前的趨勢是單就有無添加物來決定化妝品的價值，但這是錯誤的觀念。如果真要這樣來決定化妝品的價值，不光是防腐劑，就連會破壞防止異物滲透的防護功能之界面活性劑的減少或刪除也該一併列入討論才是。

流行的化妝品皆來自歐美

燙髮、染髮、豐胸、雙眼皮、墊下巴、豐頰、除皺、去斑……玲瑯滿目的美容整型項目，日本現有的美容技術基本上都是來自歐美。

流行的化妝品……葫蘆裡究竟賣什麼藥

皮膚有阻隔外界物質滲透的功能。就像是魚和鯨魚一樣，只要還活著就不會讓海水的鈉離子（鹽分）滲透牠們的皮膚。因此，活魚無法用鹽醃漬，只有死魚才可以。

人的皮膚也是如此。只要還有生命就絕不允許外物的入侵。活著的健康皮膚會阻擋任何物質的侵入。

SPF值與紫外線防禦率

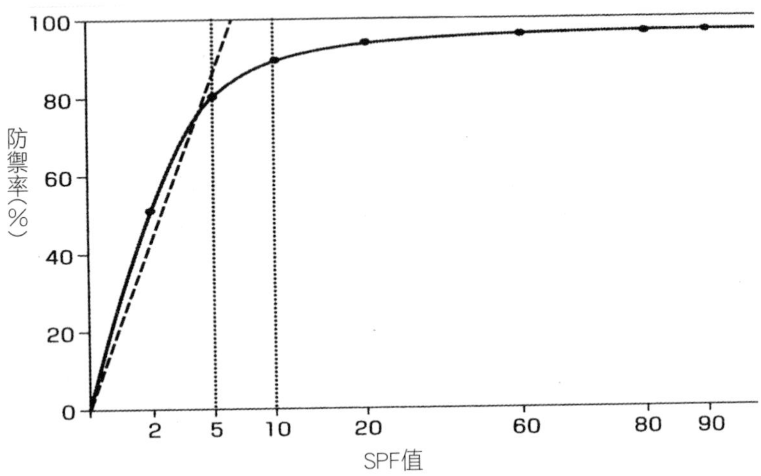

10以上幾乎沒什麼改變。只要使用超過80%的5～10就綽綽有餘了。

那麼，前文中提到味之素宣稱「可迅速滲入皮膚」的化妝品「Jino」和RICE FORCE的化妝品又是怎麼一回事呢？在此，以RICE FORCE的廣告為例來進行說明。

■保濕力是膠原蛋白、玻尿酸的兩倍以上。

■讓皮膚不斷吸收的驚人滲透力。表面乾爽、內部卻已充分滋潤，讓你感受水嫩無比的感覺（化妝水的宣傳）。

■不添加石油系的界面活性劑。

從上述這幾句就能看出該公司根本不了解皮膚的防護功能有多麼重要。因此，他們在化妝水裡添加的是會破壞防護層的非石油系合成界面活性劑。

現下流行的保濕化妝品皆強調能讓水分

滲透進皮膚、達到滋潤的效果。美白化妝品則是將漂白劑滲入皮膚，使膚色看起來變得白皙。抗老化化妝品也是「號稱」使用抗老化劑，讓皮膚可以恢復年輕。

這些化妝品都必須先破壞維持皮膚健康的系統才能達到效果。請容我再次提醒各位，唯有正確的觀念才是保護皮膚的最大武器。

緊接著來聊聊防曬化妝品吧。這類的化妝品多半是將紫外線散亂劑，或紫外線吸收劑加進合成聚合物溶液中調製而成。

雖然紫外線吸收劑有毒，但因歐美國家的白人族群較多，屬於罹患皮膚癌的高危險群，故用量上的限制較為寬鬆。至於日本，直到二〇〇一年開始施行全成分標示制度後，也配合歐美國家放寬了用量的限制。

其實，用來顯示防禦致癌性B紫外線的SPF值（Sun Protection Factor）只要超過二〇，效果幾乎大同小異。無論是二〇或三〇能夠改變防禦力的只有塗法（厚度）而非數字。

說到這，SPF值越高所含的化學性防曬成分（2—Ethylhexyl—4—methoxy cinnamate）等紫外線吸收劑也就越多（雖然各種的紫外線吸收劑有各自的用量限制，卻沒有混合使用的用量限制。這種危險的制度也是因白人而起）。

化妝品業界以SPF四〇、五〇的高數值來對外宣傳「具有阻斷紫外線的效用」，這麼做根本毫無意義。無論是九九%的紫外線防禦率或九八・九九九%，結果都是一樣，只要塗法改變，就會出現截然不同的效果。其實只要二十五就夠了，超過了還可能因為紫外線吸收劑而使皮膚受傷。

防曬化妝品雖不是安全的化妝品，但要到陽光較強的國家旅行時當成「避免紫外線」的產品來使用也無妨。至於日常生活中只要使用SPF五～一〇左右、不含合成聚合物或紫外線吸收劑的防曬化妝品即可。

小心！別上歐美「護膚保養品」的當

現下流行的化妝品皆非正統的化妝品，全部是歐美加油添醋模仿而來的。

歐美的美容想法與日本不同。他們認為覺得膚色不夠白就去漂白，長出皺紋就灌水讓皮膚膨脹藉以消除皺紋。發現膚色變黑就使用脫色、帶光澤感的合成聚合物皮膜或添加光澤劑的亮白（brighten）化妝品。

在此，有件事我要向各位呼籲，歐美的「護膚」與日本自古以來的「皮膚保養」是完全不同的兩回事。

各位也許聽過護膚素（skin conditioning）或護髮劑（hair conditioning）。

只要在變粗糙的皮膚上塗抹合成界面活性劑或水溶性合成聚合物，短時間內就會改善膚質狀況。因此「合成界面活性劑和合成聚合物是護膚素」、「可修護因洗髮精而傷損的毛鱗片表面，故又被當成護髮素」。

只是稍微改變外觀，皮膚或頭髮本身非但未獲得改善還變得更糟，這就是歐美式「護膚」。怪不得一輩子都難逃皮膚的問題。

假如你在成分字典等書籍查閱「調理劑」（conditioning）這個字卻發現沒有提到其他用途的話，即表示當此成分用途不明時這就成了它的藉口。而查「護髮素」的時候頂多也只會出現「目的尚不明確，是一種毛髮用化妝品的成分」。

不少人因使用洗髮精導致髮質嚴重受損、梳理困難而無法使用皂性洗髮精。而能夠幫助隱藏頭髮受損處、使梳理變得容易的合成聚合物也是種潤髮劑。

典型的例子就是，陽離子界面活性劑。它是必定會出現在潤髮劑中的知名成分。陽離子界面活性劑也是一種合成界面活性劑，具有乳化力與洗淨力。此外，它也是可防止靜電產生的防靜電劑（梳理改良劑）。同時因為頭髮易髒、易生菌，它也被當成殺菌劑使用。陽離子界面活性劑現已是毛髮用化妝品的必備成分。但，請記住它也是具有強烈醫學毒性的物質。

各業界對化妝品的別有居心

化妝品歐美化的快速進展，使原料製造商的動向變得更加清楚。

食品化學業界陸續開發出氨基酸的合成界面活性劑。消費者看到營養補充品或保健食品上出現氨基酸這三個字，就會產生「這是身體必要的營養素」的迷思。但，若是氨基酸製成的合成界面活性劑可就另當別論了。

大部分的氨基酸合成界面活性劑，是合成界面活性劑中最危險的清潔用界面活性劑。因此說「氨基酸很安全」簡直錯得離譜，氨基酸的合成界面活性劑可算是超級危險。

「香皂是鹼性，氨基酸皂卻是酸性」這句廣告詞早在四十多年前就一直用到現在，打從一開始就是個謊言。請各位別被這句話騙了。

合成樹脂業界持續開發合成聚合物。除了基礎化妝品，還有遮蓋皮膚粗糙的厚皮膜劑、消除皺紋產生光澤感的粉底，以及下雨或碰到海水也不脫妝的粉底和口紅。此外，宣稱可抵抗紫外線的防曬化妝品之基劑也可見其蹤跡。

但，防曬化妝品本來就不同於基礎化妝品。夏季在戶外活動時為預防強烈的紫外線，必須大量添加氧化鈦等的紫外線散亂劑。可是一般水油相混的普通乳霜無法添加大量的氧化鈦等顏料，所以只好以合成樹脂代替。

對了，現在除了飯店、高爾夫球場等公共場所，一般家庭也會使用壓頭式的洗髮精，最適合當成那種洗髮精的增黏劑就是合成聚合物，因此，該類的成分也被大量地開發出來。

至於油脂業界也開發出無數的合成界面活性劑、合成油劑以及介於兩者間的成分（介於界面活性劑與油之間）。這些現代的素材含油量低，為化妝品的觸感帶來新的開端。同時卻也成了合成界面活性劑的幫兇，一起破壞消費者皮膚的防護層。

消費者無法時時掌握這些情報。皮膚的環境就在不知不覺間受到破壞。

二〇〇七年時日本的化妝品成分已超過八千種。「國家一概不負責安全性方面的問題。既然製造商已做了全成分標示，消費者選購化妝品時就要自行負責」——這就是日本政府採取的方針。

無數的女性在不知情的狀況下讓皮膚與頭髮的環境受到破壞，且這類的素材也流向自然界造成了自然環境的破壞。

數年前，我曾對數家化妝品製造商與聚合物製造商提出「化妝品的原料污染河川或海洋嗎」？沒想到各廠商的回答幾乎如出一轍，就像是套好了一樣。假設我問到羧甲基纖維素（Carboxymethyl Cellulose）那類的纖維素是否會造成影響，對方的回答十之八九都是「只要過一段時間就會自然分解了」。但，九九%以上的合成聚合物都不會自然分解啊。

再說到洗髮精、潤絲精或護髮劑等一定會添加的陽離子界面活性劑。它除了是具洗淨性及乳化性的成分，也是擁有強烈毒性的殺菌劑。既然毒性強為何一定要添加呢？如前文所述，陽離子界面活性劑具有防靜電性、可改善梳理情況的性質。

而且它還能讓頭髮變得蓬鬆，產生髮量增加的效果。

但這種合成界面活性劑流到下水道後卻無法分解，導致生態環境受到破壞。所以我們每次洗頭都等於是為河川裡的生物帶來困擾。

典型的毛髮用化妝品常見成分有銨鹽或語尾為「～氯化物」（chloride），「～硫酸鹽」（sulfite）的成分。各位不妨去看看家中的洗髮精、潤絲精、護髮素、染髮劑的成分標示中是否有出現。

「那，我到底該用哪種化妝品呢？」或許這已成了各位的困擾。讓我為各位介紹如何選擇較安全的化妝品的方法吧。那就是，選用添加過去一直使用至今的成分的化妝品。

二十世紀末訂定出約莫二千九百種的成分，那些都是比較安全的成分。這些成分相當於當時省制定的「化妝品類別許可基準」一覽表的成分。建議各位可參考看看。

第二章重點整理

1. 選用適合皮膚的原料（油劑）的乳霜。
2. 凝膠不是化妝品。它就像是用保鮮膜或塑膠袋包覆住皮膚一樣。
3. 乾性肌膚、老化肌膚的主要原因是，界面活性劑的濫用。
4. 膠原蛋白、胎盤、Q10……越是滲入皮膚越會加速老化。
5. 不要輕信化妝品的廣告。即便是大企業的廣告也是如此。

第三章

違反皮膚構造的現代化妝品

皮膚是生物的一部分。但，生物不代表具有生命力。大概沒有人會覺得牛角和象牙是有生命的吧。

表皮的角質層也是如此。角質層和頭髮都是死的。活著的細胞有細胞核，但角質層和頭髮（毛幹）細胞的細胞核都消失了。角質層因為失去細胞核而死亡變硬成為皮膚的防護牆。所以化妝品只是塗抹在角質層的表面而已。

此外，角質層具有會隔絕所有物質入侵的防護功能。只要皮膚健康化妝品就無法滲透。

角質層附近因為水分較多故無法形成健全的角質層。這是化妝品製造業界的基本常識。這些性質隨著生物的演化附著於人類的皮膚。

妨害皮膚的功能就等於是損害皮膚的健康。用水灌入皮膚使其膨脹、以聚合物或脂質為皮膚製造光澤感，這些都只是加速皮膚老化的原因。

有彈性的皮膚、會呼吸的黏膜

一般認為距今約莫四十億年前，生物由海中誕生。過去曾有人說生物的祖先是藻類，但近年來由於深海管蠕蟲（tube worm）的發現使這項言論的可信度受到質疑。不了解的人請上網或翻閱百科字典查看看。

生物又解釋為「有生命的動物」，所以我們往往會認為生物都是活著的，但事實卻不是這樣。

就拿海中的單細胞生物來說。牠們的體液濃度比海水高。假如全身的細胞都活著，體液就會因為滲透壓的關係融解於海裡。這麼一來就無法存活了。因此，單細胞生物的表皮會變成硬膜狀的防護壁，將身體與外界阻隔開來。這就像是在空氣稀薄的空中飛行的飛機一樣必須製造厚實的機壁。生物的身體是由生體組織及容納生體的防護壁組成。人類也是如此。

動、植物皆為管狀體型

單細胞生物的防護壁是細胞膜，但像我們人類這樣的多細胞生物就複雜許多。請想像一下蛇的體型。形狀像極了水管，分為外側的外皮與內側的內皮，而外皮與內皮間的厚實部分就是身體。

現在都習慣將外皮稱為皮膚，內皮稱為黏膜。阻隔所有物質、防止異物入侵是皮膚的作用。至於黏膜會分泌消化分解液食物，幫助體內吸收。除了蛇，老鼠、牛、蟑螂及人類都是管狀體型。

那麼，植物呢？請先想像一下橡膠水管之類的管狀物。將手指插入其中一端的洞內使一部分裂為好幾段，再把水管直立埋進土裡。這就是植物的構造模擬（請參閱P120的插圖）。

從根的部分來看就會明白，內皮負責吸收土壤的養分。像木賊（譯註：又稱節節草，多年生草本植物。莖中空，每寸許結節，通常不分枝。莖是傳統家具漆工常用的磨光材料）、竹子就是很標準的管狀，桐樹也是因為軀幹呈筒狀而寫成「桐」字。

包括人類在內，棲身於陸上的多細胞生物的身體是由消化（分解）食物的黏膜與阻斷任何物質滲透體內的皮膚所組成。

雖不像植物那樣可透過內皮與外界（土壤）接觸，但基本的構造都大致相同。外皮（皮

動物、植物都是管狀體型

【動物】

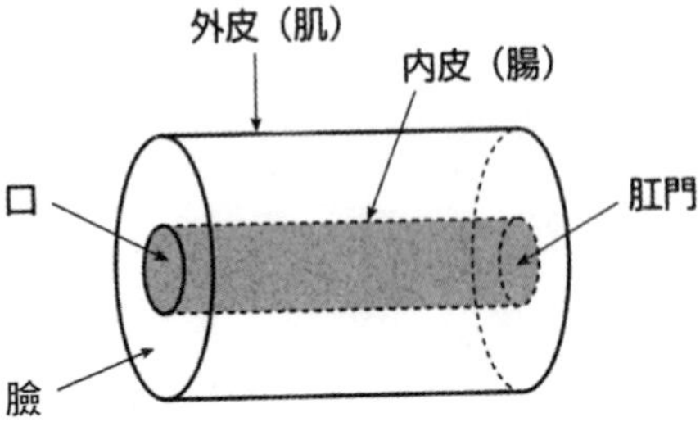

【植物】

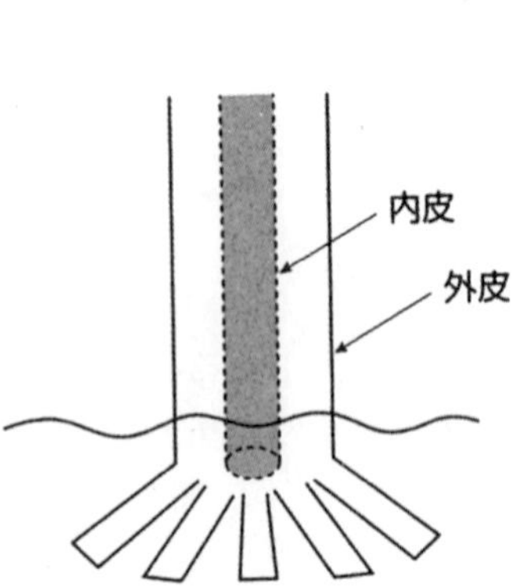

膚）與內皮（黏膜）各自肩負不同的任務。

將水分保存在薄如汽球的水袋內

生物自海中誕生。然後再從海裡進到河川，當中有些生物離開河川，演化成內陸的生物。生物沒有水就無法存活。演化為內陸生物的人類，身體也跟著進化成可避免體內珍貴水分向外流失或減少水分從皮膚蒸發的狀態。

常言道人體的七〇％是水。比例隨著年齡的不同而異，新生兒約有八〇％，七十歲以上的人則約五〇％。

假設人體的水分保持量是七〇％，體重六十公斤的人就等於帶著超過四十公斤左右的水在活動。若說生物的身體是個水袋也不為過。

人體表面被角質（角蛋白）這層堅硬的蛋白壁覆蓋著。角質層深處（內側）活著的細胞因為含水，所以薄薄的角質層如同裝水四十公斤的水袋。換言之，生物體內沒有生命的部分就成了水袋。

角質層的厚度會依部位而異，基本上約0.02mm，就像兩張極薄的保鮮膜疊起來的厚度。據保鮮膜的製造業者所言，最薄的保鮮膜厚度是0.01mm。一想到人體用這麼薄的水袋裝著幾十公斤的水活動，就不禁對自然構造的巧妙感到驚嘆。

身體的角質層除了保持體內的水分，還要防止水分從身體末端組織的表皮流失。表皮的基底層是第二道防護層，皮下脂肪的皮下組織也可算是支撐水袋的保護袋。

皮膚有防護層，黏膜卻沒有

讓水分無法輕易進入、流出是皮膚的功用。不讓水分流出是指，不允許水分漏出。而不讓水分進入則是指，阻止溶解於水的外界異物滲入皮膚內。這兩個功能就是「皮膚的防護功能」。

皮膚（外皮）有防護功能，但從口腔到食道、腸胃至肛門的黏膜（內皮）卻無防護功能。黏膜會分泌消化液，使消化的食物被人體吸收，所以如果有防護層會很麻煩。這會使消化液無法分泌、養分就不能被消化、吸收。也就是說，無法維持生命。話雖如此，除了必要的時候，口與肛門都是緊閉的狀態，這可取代防護層來防止水分的蒸發。

受精卵不斷進行細胞分裂，在子宮成長為球狀，但此球狀物的表面就是胎兒的皮膚，而一部分的皮膚會慢慢變成管狀並潛入球狀物的中央。這段管狀物稱為原腸，日後將成為口腔至肛門的黏膜。換言之，皮膚與黏膜都是卵子變成球狀物時增殖的表面細胞，兩者算是有著親戚關

細胞的分化

①受精卵的分化　之1

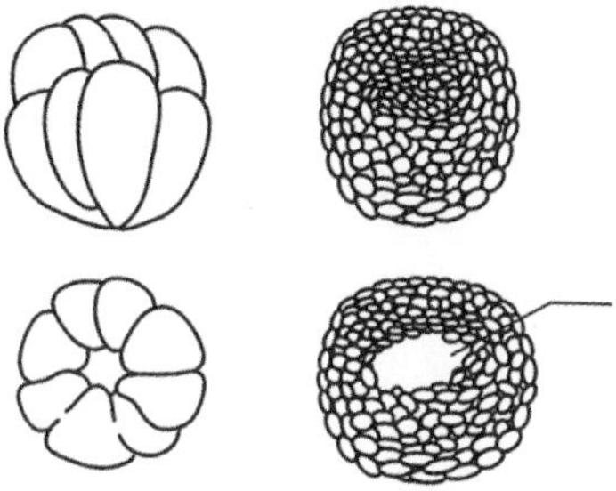

16細胞期　　胞胚期

②受精卵的分化　之2

原腸→消化器官
表層→表皮、神經系統（神經溝與神經褶）
原腸陷入細胞→此細胞層的中心部是背索，內側為中胚葉
中胚葉→心臟、腎臟等內臟、肌肉、血球細胞
胚索與胚葉→包含神經系統在內的脊髓骨

係。

雖然皮膚與黏膜的起源相同，但人類在出生前，待在母體的時候已分為有防護層的皮膚及無防護層的黏膜。而且，因為皮膚與黏膜都會摩擦減少，故兩者都有可時時製造、補充新細胞的基底細胞層。基底層的皮稱為表皮。

自然化妝品根本不存在

第二章介紹過的對羥基苯甲酸甲酯是水溶性物質，是無法滲透皮膚的物質。而京都府立大學的實驗則是假設對羥基苯甲酸甲酯的一部分滲入了皮膚。這是In vitro的實驗，

皮膚與黏膜的差異

皮膚	存在著基底細胞層	有防護壁	防止外來物質（異物）的侵入
黏膜	存在著基底細胞層	無防護壁	吸收物質的養分

即試管實驗。相信各位都已了解試管實驗與體內實驗會出現完全不同的結果。

但一般人卻不知道兩者間的差異。我想看過新聞的報導後大部分的人都認為對羥基苯甲酸甲酯很可怕。不過，比較冷靜的人就會聽取正反兩方的意見，經過一番思考後做出「對羥基苯甲酸甲酯是無害物質」的判斷。透過這起事件讓我再度深感情報的可怕與傳媒的不負責任。

那麼，讓我們一起來認識皮膚與黏膜的差異吧。

使大眾對自然構造產生誤解的來源就是由天然食品衍生而出的自然化妝品等商品。「天然食品對身體有益。所以化妝品當然也是天然ㄟ尚好」在這種想法下創造出所謂的自然化妝品。

我在幾十年前就開始主張「天然食品的確存在，但不可能會有自然化妝品」，遺憾的是至今仍未引起任何共鳴。也許正在讀本書的讀者也不認同我的想法，但我還是要懇請各位注意。

天然食品是食物，也就是由黏膜吸收之物。但，化妝品不是食物，而是塗抹在皮膚的東西。它不是該讓身體吸收的東西，所以一再高呼「這是天然物品製成的化妝品！」實在沒什麼意義。

食品由黏膜吸收，化妝品則是使用於皮膚的物品，兩者適用的部位恰好相反。

讓我們將食品與化妝品產生連結的正是試管實驗的錯誤觀念。

讓表皮充滿生命力的目的是什麼？

遠古時期，恐龍為了在寒冷期存活下去而使原本硬實的角質變薄、轉變為毛。後來恐龍又進化成哺乳類與鳥類等生物。造物主給了動物皮脂。但，皮脂的分泌量無法隨動物的意思控制，而是由自律神經調整。這是造物主巧妙的安排。將身體設計成從脊椎骨分枝出環狀的胸骨，讓臉可轉向後背的構造。這麼一來，假如背上累積過多的皮脂便可用舌頭或嘴舔拭乾淨。

像鳥和貓就一直很忠實地遵從造物主的指示，但頭顱較大的人類卻不聽從指示，改用長長的手或草清洗擦拭身上過多的油脂。

化妝品出現「減油」的趨勢

哺乳類動物的毛及鳥類的羽毛都是為了對抗地球的寒冷化而生。六千五百億年前，巨大的隕石落下使地球陷入寒冷期，恐龍的身體只留下表皮角質層的一部分，其餘大部分都變成毛或羽毛來抵抗寒冷。一般都認為哺乳類（目前較具說服力的是原始哺乳類的發展學說）與鳥類皆為恐龍進化而來的生物。後來為保護變薄的角質層，身體開始分泌大量的皮脂。

身體持續分泌油脂保護角質層，但若放任不管，皮脂就會屯積使毛或羽毛扭曲變形。如此一來，用來防寒的毛就起不了作用。

於是，造主物將只要皮脂累積就會感到不舒服的訊息傳達給哺乳類與鳥類。

所以，鳥、狗、貓總是用舌頭或嘴清理身體，為的就是舔除多餘的皮脂防止毛的扭曲變形。油脂舔除後就會感到「很舒服」。

人類也是如此，到理髮院在臉上塗抹霜膏後一定會再用布擦拭乾淨。這就是因為遠古時代就被灌輸了「油膩＝不舒服」的觀念，促使我們做出那樣的行為。

然而，造主物可能也想不到人類會製造取代皮脂的物品。而且還被那些東西搞得臉上皮膚出現一大堆問題，就算是造物主再神通廣大也沒預想到這一點吧。皮脂（油）累積會感到不舒服也是因為水會產生舒服的感覺。所以動物才會使用舌頭（唾液）來清除多餘的皮脂。

懂得製作化妝品的人類隨著文化發達的同時，因為生性厭惡黏膩，開始減少乳液、乳霜的使用並大量增加水的用量。甚至還想出製造完全不用油的合成樹脂水溶液。

今日我們所使用的乳霜已不像過去添加大量的油分，被當成皮脂的代用品。含油量豐富的化妝品幾乎已消失無蹤。

水分多的化妝品使用起來很舒服。但，製作水分多的化妝品就必須添加合成界面活性劑。過度追求舒適感的結果，造成合成界面活性劑的用量不斷增加。

合成界面活性劑奪去皮膚的脂肪，合成聚合物奪走油的地位，使皮膚變成了乾性肌膚就是目前你我所遭遇的現況。導致這一切發生的幕後黑手就是一再主張「保濕可讓皮膚變年輕」的化妝品製造商。

這也是現代化妝品令人感到束手無策的缺陷所在。

重新認識角質細胞

自基底細胞誕生的子細胞會從有棘細胞變成顆粒細胞，隨即失去細胞核成為角質層（角蛋白）的堅硬蛋白壁。而之前就存在舊蛋白壁會從皮膚剝落，那就是體垢。

因此，表皮不是會持續存在的組織，而是「誕生的瞬間即面臨死亡」的組織。表皮是會持續製造新角質層的裝置。假如我們自以為好心給予它大量的水，叫它「不要死，活下來」不就是在找它麻煩嗎？

大部分的書都寫道表皮的更換，也就是表皮組織的新舊交替約二十八天。但就像夏天穿泳衣留下的曬痕到了冬天還在的情況一樣，依年齡與部位的不同，有些人必須花上一個月以上的時間。為了不讓身體的水分外漏蒸發，角質層變成了防護壁，同時它也是避免外界的水分進入皮膚的防護牆。

但，具有防護功能的不光是角質層而已。大部分構成表皮細胞的角化細胞（基底層・有棘層・顆粒層・角質層的細胞）所組成的「角質細胞」也有相同功能。這群角質細胞會不斷向外推擠，阻止水分等異物（未經腸胃消化進入體內的物質）滲透皮膚。

角質層密實堅硬可當成防護牆，但遇上化學物質時，只有結合角質細胞才能有效防止其入侵。

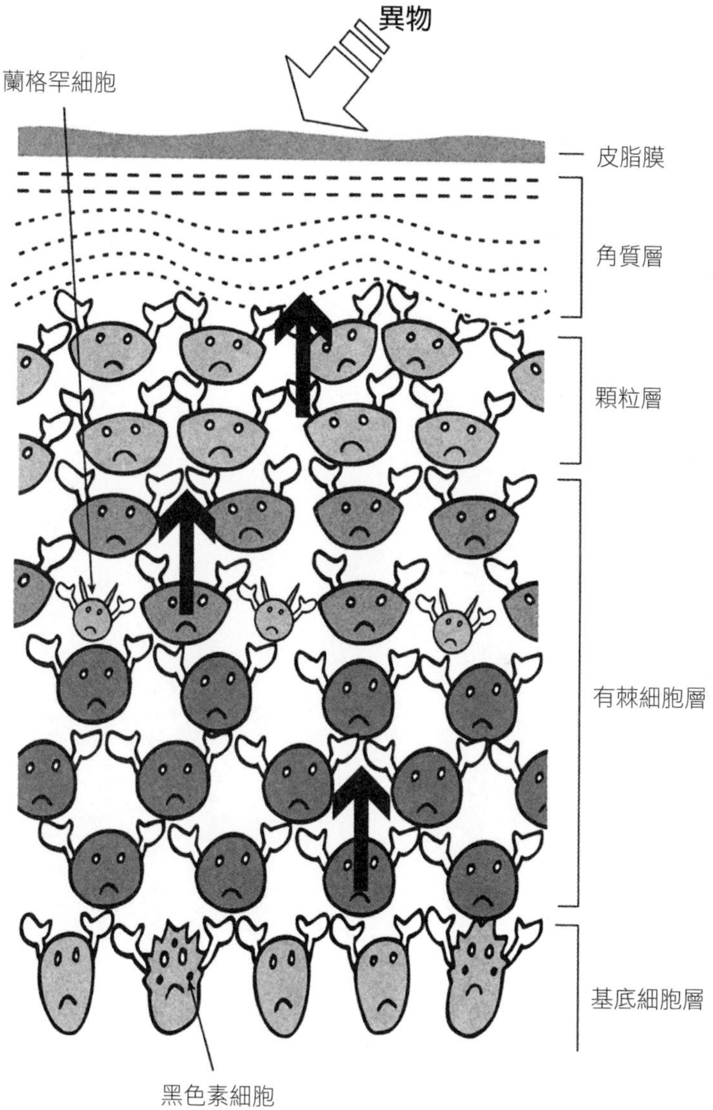
異物
蘭格罕細胞
皮脂膜
角質層
顆粒層
有棘細胞層
基底細胞層
黑色素細胞

基底細胞（與真皮間存在著薄薄的基底膜）也被視為防護層之一，因此表皮即基底層＋整個角質細胞負責皮膚的防護功能。

基於上述，關於表皮的防護功能有兩個重點希望各位記住。①新鮮角質層的形成、②基底細胞子細胞的製造速度。若此兩點受到阻礙，皮膚的防護功能就會下降。

我們的身體除了皮膚的防護功能，還有另一種可防止異物進入身體的功能。那就是免疫反應（過敏反應）。免疫反應是指，為排除異物、生物體內不可或缺的生理機能。會在皮膚、鼻子、眼睛、支氣管等部位產生反應。對化妝品過敏、出現發炎症狀或當異物進入皮膚時排除異物的反應即免疫反應。

新陳代謝衰退的表皮就讓它自然剝落

表皮細胞為加入角質層的形成，從子細胞誕生的那一刻起就開始面臨死亡。表皮有著這種自然的結構，故可經常保持新的防護牆。

表皮內有真皮。真皮因為有膠原蛋白線維等具彈力的線維狀蛋白形成氣墊般的防護，故可常保皮膚的彈性。保護這層重要的真皮就是集中於表皮的防護功能。

若不時時保持新鮮密實的堅固角質層，皮膚就會老化。因此，表皮「必須盡早死亡成為角

bye
bye～

質層」、「不可以一直活下去」。這也是為什麼表皮會從硬蛋白質的「角質（角蛋白）」衍生出「角質細胞」的名稱。

「活化表皮細胞」這句話聽起來很吸引人，但表皮細胞如果一直不形成角質而持續存活下去反而是件棘手的事。不了解這個事實就會陷入「製造活化皮膚的化妝品」的迷思當中。

老舊的皮膚每天都會剝落。那就是表皮。年輕的皮膚表皮的新陳代謝速度快，隨著老化，表皮的新陳代謝會變慢。年紀越長表皮的新陳代謝會退化，角質層就會變老。變老的角質層防護力會變弱，為彌補這項缺點，角質就會變得厚實堅固。

想保持年輕的皮膚就要讓表皮盡速死亡角化。顆粒細胞必須經過乾燥後細胞核崩解，轉變為死細胞（角質細胞）的過程。若用保濕化妝品讓表皮浸水，細胞核就會永不消失。而角質層就會變弱。

我常說：「男性剃鬍子是表皮剝離，也算是一種換膚美容」。隨著年齡增長新陳代謝衰退的表皮應該讓它剝落而非存活下來，這樣才能防止皮膚老化。

美容、化妝品的世界有靠著機器換膚與科學藥劑溶化換膚的方法。當然也有介於兩者之間的方法。無論是哪一種，換膚之後最重要的就是讓皮膚好好休養、避免接觸陽光（紫外線）。

想讓細胞不變老，應該要活化的是真皮，防止表皮變老只是妨礙其自然結構。

皮膚的角化是正常現象

自基底細胞誕生的子細胞會立刻變成有棘細胞，再變成顆粒細胞，最後角化（脫核化）形成角質層。子細胞從誕生的瞬間就背負著變成有棘細胞、邁向死亡的命運。

若使用主張「活化皮膚細胞」的化妝品，其水分與成分會對表皮造成強烈影響。原本該變成死亡細胞的表皮在擦了保濕化妝品後會發生什麼事呢？會出現「角化不全」（parakeratosis）的現象。

顆粒細胞是細胞喪失相當的水分後變成扁平狀的細胞層。它仍保有細胞核。顆粒細胞層因為離外界很近，水分的蒸發會更快，然後乾燥、失去細胞核而角化。

前文不斷提到皮膚會防止體內的水分流失。但，水分並無法百分之百不蒸發流失，還是會有若干的水分流向外界，避免角質層的過度濕潤化。當然，其蒸發的程度不會造成乾性肌膚。表皮細胞流失水分是為了製造堅固的防護牆。

那麼，準備角化的細胞附近如果出現大量的水分會變得怎麼樣呢？在皮膚上塗純油、阻斷水分蒸發，或使用讓水分迅速滲透皮膚的化妝品，就會使好不容易來到角質層附近的細胞變得水分過剩。在這樣的狀態下，細胞核就無法崩解。

角化不全

	浸水（角化不全）	乾燥
皮膚	不健康	適度的乾燥使顆粒細胞角化代表皮膚健康
黏膜	健康	不健康、完全的保濕

這種狀態稱為角化不全，即無法形成角質層、無法成為皮膚防護牆的不健全現象。

想維持健康的皮膚，光靠油或水都不行。因為：

■只塗油的話會使皮膚組織累積過多的水分導致角化不全。

■使用化妝品給予皮膚過多的水分也會導致角化不全。

因此，化妝品的乳霜和乳液皆為油水混合製成。防止角化不全是化妝品製造的基本原則，所以油水混合的乳液、乳霜一直被視為基礎化妝的必備品。

我常被問到：「可以用馬油代替乳霜嗎？」過去由於營養不足人們常受手指龜裂、凍傷之苦，所以每到冬季人們就會在皮膚上塗油保暖、保持血液循環，順便保濕（油膜可讓皮膚保持濕潤）。

時至今日，人人營養充足不再有那樣的困擾。防止角化不全更為重要。有些人會使用橄欖油或荷荷巴油來代替乳霜，但這些東西都有問題。

另一方面，許多化妝品公司會先讓消費者使用化妝品，讓皮膚浸水後再測量含水量，然後說「你的皮膚變年輕了」。切記！這都是廠商為了銷售產品所做的偽科學。這種想法將導致角化不全。

為了皮膚的健康請加速皮膚（表皮）的新陳代謝。表皮盡快死亡對皮膚來說是件好事。

過去在化妝品業界或美容業界常散播「皮膚的新陳代謝很重要。一定要提高新陳代謝」之類的言論。現在卻因為美容液等凝膠類的化妝品大賣而興起讓新陳代謝緩慢的商品，這不是很可笑嗎？皮膚需要的並非角化不全，而是加速角化。

順帶一提，從嘴唇至肛門的黏膜必須常保濕潤的狀態。黏膜一乾燥會出現大問題。平時黏膜會以水分保持濕潤，呈現角化不全是很自然的狀態。像是乾燥時會感到不舒服的口乾症（dry mouth）就是很好的例子。

請各位參照一下P124及P134的比較表格。

天然乳霜「皮脂」的生成

被稱為天然乳霜的皮脂究竟是怎麼樣的乳霜呢？接下來將說明皮脂與角化不全之間的關

係，以供日後當作各位選用乳霜的參考。

首先，我們必需知道油脂與脂肪酸之間的關係。油脂由皮脂腺生產，油脂被皮脂排泄孔附近的解脂酵素（lipase）或皮膚上的常在菌分解後會產生脂肪酸與甘油。

皮脂存在著安全用量的界面活性劑

甘油是一種親水性物質。它被當成保濕劑廣泛地添加於化妝品中。

甘油最多可與三個脂肪酸分子結合。脂肪酸是親油性物質，也是化妝品油劑的一種。像雪花膏的代表原料硬脂酸從很早以前就被使用於化妝品中。當然也存在於皮脂內。

甘油與一個脂肪酸分子結合時稱為單酸甘油酯（monoglyceride），與二個結合就是二酸甘油酯（diglyceride），與三個結合即稱為三酸甘油酯（triglyceride）。

有時也會依脂肪酸分子的大小而異，但基本的分類如下：

■單酸甘油酯……即界面活性劑。如化妝品原料中被當成乳化劑的甘油硬脂酸酯、甘油異硬脂酸酯、甘油肉荳蔻酸酯、甘油月桂酸酯等皆為單酸甘油酯。

■二酸甘油酯……介於界面活性劑與油脂之間。脂肪酸分子越小越具有界面活性，但分子過大就會完全沒有界面活性。基本上都被當作油劑使用，可以說是容易乳化的油劑。但也有人會將其視為界面活性劑。它不算是好的油劑。主要為辛酸/癸酸甘油酯、魚油甘油酯等含二酸甘油酯的油劑。目前尚無純二酸甘油酯的物質。

■三酸甘油酯……稱為脂肪酸的動植物油脂。像大豆油、橄欖油那樣天然的油脂，或合成酯之類的合成油脂皆屬之。

此外，少部分的化妝品成分標示中會出現「~甘油酯」（glycerides）的名稱。這是甘油酯的複數形，即單酸、二酸與三酸的混合物，無論大小都帶有界面活性，但因比率不明故無法了解其界面活性的程度。基本上都當作油劑使用，屬於不好的油劑。

棲息在皮膚表面的微生物，其食物來源就是以油脂為主成分的皮脂。部分油脂會被微生物分解為甘油、單酸及二酸甘油酯。也就是說，微生物的分解物中含有各種脂肪酸的單酸甘油酯（界面活性劑）。

不過，量相當少，且單酸甘油酯這種界面活性劑的親油性較強，是比較安全的界面活性劑。存在於皮脂的就是這種親水性弱、量少又安全的界面活性劑。

最理想的乳霜已不復見

關於化妝品的乳霜大致上可區分成以下四種。

①油＋水＋界面活性劑……冷霜型的乳霜、乳液。

②脂肪酸＋水＋界面活性劑……雪花膏型的乳霜、乳液。

③油＋脂肪酸＋水＋界面活性劑……兩者混合型的乳霜、乳液。

④油……無水型的乳霜（按摩及洗臉用）。

雖然可概分為上述四種，但皮脂這種天然乳霜和③的混合型乳霜成分相同。也就是說，皮脂是「皮脂＝油（油脂、角鯊烯等碳化氫類、膽固醇＋脂肪酸（棕櫚酸、棕櫚油酸、肉荳蔻酸、油酸、硬脂酸等）＋水＋單酸甘油酯」的混合物。因此，選擇化妝品的乳霜時最好選擇接近這個組合的種類。

這個組合的乳霜會隨著皮膚的落屑、流汗與蛋白、氨基酸、乳酸、塵垢相混。雖與原本的皮脂相似，但考慮到衛生方面的話，最好再搭配弱酸性化妝品代替汗（乳酸）保持皮膚的酸度。當中除了有二酸甘油酯（乳化劑）還有單酸甘油酯（界面活性劑）可幫助乳化。

皮脂存在著單酸甘油酯這種界面活性劑（乳化劑）及二酸甘油酯（乳化補助劑）。但不像化妝品的乳霜或乳液那樣添加了三～六％的量。我一向主張製造化妝品所使用的界面活性劑應該盡量減少並想辦法乳化以維持一定的濃度。

皮脂是很黏稠的乳霜，就像完全不含水一樣。然而實際上仍需微量的水分來乳化。皮脂算是油性很強的乳霜。化妝品的乳霜也是如此，塗抹之後大部分的水會因體溫而蒸發，最後在皮膚上變成油性強的乳霜。

由於大部分的消費者都不喜歡使用過於油膩的乳霜，所以化妝品製造商只好大量使用合成界面活性劑製成防止水分蒸發，甚至是讓水分難以蒸發的乳霜。假如廠商製造了減少界面活性劑量的乳霜，反倒會被消費者抱怨：「乳霜都分離了，你們公司打算怎麼辦！」我想這也許是為什麼越知名的大廠商使用的合成界面活性劑與防腐劑的量就越多。

「乳化必須兼顧皮膚的生態」這是很重要的心態。若不注意這一點，化妝品將無法擺脫導致皮膚變成乾性肌膚的罪過。

第三章重點整理

1. 防止體內物質的外漏與異物（化妝品）的滲透是皮膚的作用。
2. 「自然的東西對身體好，故化妝品也要使用自然的原料」這就是不了解皮膚與黏膜構造的證據。
3. 讓水滲透表皮會使角質層變弱，這稱為角化不全。
4. 想維持健康的皮膚光靠水或油都不行。
5. 請選用與皮脂構成相似的乳霜。別只為了擦起來舒服。

第四章

誰說植物就是安全的？

人們為何會覺得植物是安全的呢？我想，或許是因為一九五〇～一九八〇年代人們曾受過石油合成化學物質造成的公害所苦吧。對石油化學產生的排斥感提高人們對自然環境的信任，認為植物所代表的就是無害的自然。

但，大自然本來就是弱肉強食的世界。所以植物也會為了攻擊敵人或自衛而具有毒素。然而部分毒性較低的食用性植物，經過前人數千年來的栽培後就成了我們現在常吃的蔬果。不過就算是常吃的蔬果，要是弄爛塗在臉上也會造成皮膚過敏或產生光毒性，對皮膚來說完全稱不上是安全的物質。常聽到有人說植物精華（或稱萃取物）很安全，這點我並不認同，於是進行了調查。結果該說是不出我所料嗎？「植物很安全」這說法根本是毫無根據的迷信罷了。一般都將植物分為藥用植物與有毒植物，但其分界點卻又模糊交錯，難有明確的區隔。

當我們食用植物後，體內有解毒功能，故尚無太大影響。但，皮膚並沒有。因此，即使自皮膚進入的異物不易進到體內，若是化妝品的話就得小心注意。

可使用植物精華vs.不可使用植物精華的皮膚

二〇〇六年，日本登記認可的化妝品成分已超過六千一百種，以植物、海藻類為原料的成分已增至一千四百三十六種（植物精華、果汁、粉末等一千三百九十八種。海藻類三十八種）。換言之，化妝品的原料中約二三％都是植物精華。這還不包括植物油與精油。

如此受到歡迎的植物精華真的可以放心使用嗎？或許並沒什麼人想去深入探究，但我還是想讓各位了解一下。

化妝品的目的是在保護皮膚的健康

根據日本藥事法的規定，化妝品的目的有三：「清潔皮膚」、「保持皮膚的健康」、「使皮膚變得美麗」。雖然我認為日本的藥事法存在許多矛盾，但這個規定倒是很正確。

為了能安全使用化妝品，皮膚的防護牆（角質層）必須夠厚實，並擁有穩固的防護功能。

特別是在選擇潔顏化妝品與基礎化妝品時，一定要選不會破壞皮膚防護功能的產品。保護皮膚健康的主角是角質層。保護、加強角質層（≠讓皮膚變得充滿活力）本來就是化妝品的目的。角質層變得牢固，防護功能就更強，這麼一來只需要輕施粉底就很漂亮，不必刻意化太濃的妝造成皮膚的傷害。

不過，現下似乎仍有許多女性不了解這個道理，因而選擇使用破壞角質層（＝皮膚的防護牆）讓植物精華或非植物的其他萃取物、漂白劑（美白劑）滲透皮膚的化妝品。

植物精華具有藥效？

多數化妝品所添加的植物精華是否具有「藥效」。坦白說，植物精華並沒有能讓皮膚組織重生的效果。製造精華的廠商在DM的目錄中強調精華萃取物具有「細胞賦活性」、「美白性」等功效，只不過是種自吹自擂的宣傳手法罷了。

舉個有名的文宣實例來說好了。給予輕度的刺激，使皮膚附近的微血管膨脹，讓血液進入皮膚的促進血液循環劑；利用植物的刺激成分（也就是不破壞防護層而滲透皮膚的植物成分。像是生髮劑使用的獐芽菜或辣椒等）；利用植物所含的單寧酸凝固、加強角質層（或是為皮膚表層的角質層加強、消炎）。

就算植物精華具有藥效，也不可能不破壞皮膚的防護功能，這點請各位一定要謹記在心。

即使通過了試管實驗也無法通過體內實驗。

假設，有種添加了適量植物精華的腋下止汗劑。消費者使用後果然不再發汗，腋下變得乾爽。但，這只是藉由凝固皮膚表層使汗腺開口縮小、達成乾爽效果，與皮膚內部的健康毫無相關，更別說是那些強調有美白或活膚效果的精華了。

一般而言，植物精華是先由製造廠商向日本化妝品工會提出申請、登記後，製作產品的目錄，再由化妝品廠商購入。

雖然目錄內會記載各種精華的功效，但其可信度究竟有多少就不得而知了。不過，只要使用的精華產生效用，沒有一家化妝品公司會故意反駁。

也就是說，製造精華的廠商對其產品標記的功效，透過了化妝品廠商傳達至社會大眾，這就是現代的化妝品生態。

姑且不論過去流傳下來的中藥或民間偏方，時至今日，即便是沒看過的植物精華也會被拿來當成化妝品的原料使用，所以我們不能光憑製造廠商及化妝品廠商的說明就輕信植物精華的效用。

在過去就連香皂都很珍貴的時代，無患子的果皮或含皂素的絲瓜水皆被用來清潔皮膚。這些也都是植物精華。過去的人的皮膚不像現代人那麼脆弱敏感，即使直接使用植物萃取物也沒問題。但到了現代，由於香皂、洗面乳、潔顏產品的普及導致皮脂減少，植物成分中的皂素反而成了有害的物質。就算化妝品添加的精華屬於微量不會造成太大的影響，但對皮膚並無益處。既然如此我們又何必特地花錢去使用它呢？

其實植物隱藏著許多毒性物質，與其期待它的藥效，倒不如好好注意其毒性還比較安全。

可使用植物精華vs.不可使用植物精華的人

以前若提到皮膚相關問題，不外乎是乾裂傷、凍傷、香港腳等症狀。這些都是營養不足等因素所引起的皮膚狀況。

蔬果中所含的胡蘿蔔素（Carotine；化妝品會直接以英文標示）進入體內後在油脂與膽汁的協助下變成維生素A。維生素A對表皮的形成非常重要，攝取不足容易造成乾裂傷、凍傷，還會長出白癬菌。

可是，即使有這些皮膚的問題，在那樣的年代卻從未出現過因為皮膚敏感而「無法使用香皂洗臉」的人。相較之下，現在生活變得如此富足，卻有越來越多女性的皮膚因防護層受損就連香皂也無法使用。

現代的女性可直接分為可使用與不可使用植物精華的兩種人。即便是有毒的精華成分，

你的臉可以直接用香皂清洗嗎？

1	完全沒問題。
2	雖有輕微的緊繃感，但並不嚴重。
3	有強烈的緊繃感，而且久久無法消失。
4	既緊繃又疼痛。洗完臉後一要擦乳液或化妝水。
5	完全沒辦法。

只要皮膚的防護層未受損就不必擔心成分會滲入皮膚。但，臉部皮膚防護功能非常弱的人，這些有毒的成分便會輕易地深入其中。

許多常被用來當成化妝品原料的植物都帶著有害物質。

舉例而言，過去有種名為康復力的牧草被視為有名的保健食品。很多人為了身體健康都曾飲用過該成分的產品。

但，後來康復力被驗出有導致肝功能障礙等問題，在英國及加拿大被禁止食用。日本也發出了不可食用的警告。另一方面，因為康復力具有可軟化皮膚表面的作用，被當成皮膚柔軟劑使用（目前仍是如此）。

此外，蘆薈也是必須當心的植物。雖然它對健康、美容有不少好的功效，但使用在皮膚上容易引發皮膚炎，特別是生理期與懷孕中的女性最好避免使用。

以美白打開知名度的麴酸，也因為會造成肝功能障礙與具致癌性而被禁用（化妝品內也不得添加）。常被用來當成食品安全著色劑的茜草中含有一種名為蒽醌（蘆薈內也有）的紅色素也被指出會引起肝功能障礙（在美國更被視為具致癌性）而被禁用。

如前文所述，之後才發現具危險性的植物成分還有很多。在不了解毒性的情況下大量添加至化妝品內，不知何時才被揭發告知「那是危險成分」！

若是皮膚防護功能健康的人，使用起來也許還不會有問題。但使用了破壞皮膚防護層的抗老化或美白化妝品的人，就得小心毒性物質滲入皮膚內。

雖說從皮膚滲透的毒性物質較難進入體內，但為了愛美讓自己承受罹患重病的可能，還特地將沒什麼美容效果的成分塗在皮膚上不是很奇怪嗎？

而且大部分的植物精華並沒有「非得添加」至化妝品內的價值。

沒有人能保障植物成分絕對安全。我們之所以認為植物很安全，那就和認為石油系的合成界面活性劑很危險一樣，只是種誤解。將沒有安全保障的成分塗在皮膚上，等於是在考驗皮膚的防護功能可不可靠。請各位務必了解現代化妝品所使用的植物精華真的很危險。

植物是藥也是毒

曾有年輕氣盛的醫師公開地說「菇類根本無法治療癌症」。在關於保健食品的書籍中也提到巴西蘑菇毫無效用。儘管如此，因為報紙平面廣告的大肆渲染仍引起一陣子的流行。過去我也曾因人情壓力，雖未罹患癌症也買過巴西蘑菇來吃，結果得到很嚴重的蕁麻疹。正所謂上一次當、學一次教訓就是這個道理了吧。

醫藥品源自於植物

有句話說「神農嚐百草也曾腹瀉百次」。神農是中國神話中的神明之一，他嚐過所有的植物後便可分辨出哪些是有毒性、哪些又具有藥性。縱然是如此偉大的神，在嚐百草的期間也同樣腹瀉了百次。由此可知，大部分的植物普遍都存有毒性。

英文中有個單字「phytotoxin」。phyto是指植物，toxin是毒，翻譯起來就是「植物毒」。

住在目黑區八雲的早坂悅子女士對生活環境的問題相當關注，某天她寄了封信到我的辦公室。以下簡單說明其內容：

「二〇〇七年二月一日英國的《衛報》（*The Guardian*）寫道，在美國有四歲、七歲、十歲的男孩使用了添加薰衣草油及茶樹油的洗髮精和化妝水後，胸部卻變大的病例報告。該報導還指出，醫師檢驗了男孩們的細胞後得知，他們體內的雌激素生長亢進。請問您是否也聽說過這件事呢？」

植物內含有類似動物雌激素，即女性荷爾蒙的成分。不慎使用了哪類的植物精華，等於是將女性荷爾蒙直接塗抹在皮膚，上述的報導就是最好的例子。

廠商與消費者很有可能在不知情的狀態下誤用這些環境荷爾蒙（外因性內分泌干擾化學物質）。事實上，目前仍有許多植物成分未經確認，我想應該也有不少讀者看過類似上述的新聞報導。

薰衣草油是種精油，內含大量的香豆素，是一種芳香成分。香豆素不但會刺激皮膚，長期或重複接觸還有可能罹患癌症。茶樹油則是具有殺菌力的精油，它也含有我們目前尚未察明的毒性。

歐美的化妝品常會大量使用香料，若是使用者又是年幼的孩子，造成的影響更甚於成人。

植物成分擁有你我不期望具備的毒性。而精油的藥理作用很強，故雖說是植物也不能掉以輕心。

順帶一提，報導中的男孩們只要停止使用化妝品，數月後胸部就會恢復原狀。會導致類似情況的植物還有很多。像是菖蒲科的射干，這種植物精華就含有與雌激素相似的成分。雖然它已被當成治療粉刺（抑制皮脂腺的分泌）或生髮劑（抑制男性荷爾蒙，促進頭皮附近的血液循環）的成分，但由美國近年來的報告已成為引發話題的環境荷爾蒙之一。

如果問任職於製藥公司的人或醫師，「醫藥品的起源是什麼」，得到的答案肯定都是「植物」。大部分的醫藥品皆由植物毒製作而成。它是藥也是毒，處理起來必須格外小心謹慎。因此，只有具專業執照的人才能處理。

請各位一定要記住，植物並不安全，它們都具有自衛功能的毒性。

植物成分不是因為安全而被開發，是因為消費者覺得它很安全才被開發

幾年前，某報曾做過「現代的化妝品業界正在開發何種成分」的特別報導。我認識的人把那份報導寄給我，讀過之後我覺得內容真的很有趣。

報導中不知道是某化妝品公司的高級主管或擔任開發的人員，很坦白地告訴記者「因為消費者認為植物很安全，所以我們正在開發植物的成分」。原來植物精華之類的成分不是因為本

身安全，而是因為消費者「誤以為」那是安全的成分才不斷被開發出來……

還記得約莫在十年前左右，市面上推出一款加了合成界面活性劑的洗髮精，名為「植物物語」。雖然目前仍在銷售，但剛推出時曾引發一股熱賣的風潮。我想許多消費者就是衝著「因為是植物性，一定很安全」而購買了那款洗髮精。

但，請各位仔細想想，有專家曾經說過「植物很安全，請放心使用」之類的話嗎？並沒有！沒有任何人這麼說過。

化妝品中有種常見的植物精華，叫做苦參。苦參是豆科植物，雖然具有毒性，化妝品業界卻完全不提這件事。像這樣的植物成分被用在化妝品的還有很多。

曾有某本書籍指出菊、萵苣、蘆薈、大蒜等其他植物會引發過敏中毒的症狀。

植物為了自衛而產生植物毒

進入森林有時會感受到一股植物的熱氣。這就是植物所發出具芳香性的毒，植物為了擊退對它們有害的微生物，會產生出一種自衛功能的「植物毒」。植物的香氣成分就是具代表性的植物毒。

香氣成分中有種名為芳香族碳化氫的有機合成物，這是很有名的毒性物質。一般化妝品成分中常出現的安息香酸（又稱苯甲酸）就是其一，安息香是從植物樹脂萃取而出的成分，具有致癌性。

此外，廣為人知的水楊酸也是芳香族碳化氫，取自柳樹。水楊酸在化妝品中被當成防腐劑、殺菌劑使用，一般被視為具有解熱、鎮痛、抗風濕的作用。但其酸性強烈，有引發胃穿孔等胃部障礙的可能。使用上必須遵守濃度限制，攝取過多會有危險。雖有濃度的差異，但我們平常食用的蔬果大部分都含有水楊酸。例如：柑橘、鳳梨、杏桃、蕃薯、咖哩粉等皆含有豐富的含量。究竟是毒還是藥，就要看使用的量或與其他物質結合的狀態而定。

植物因為無法移動，只好自行產生毒素趨趕天敵，或是驅除敵對性的植物。植物的毒性在我們的生活中被廣泛應用。舉個常見的例子，鋪在生魚片下的熊竹或新生杉樹的葉片，因其葉片切口會分泌毒素，而被當成防腐劑使用。以竹纖維製成的毛巾不會發霉，也是因為竹子具有毒性。據說曾有園藝店的老闆將夾竹桃的細枝剪下當成牙籤使用而陷入昏迷。

認為植物很安全的迷思不只是日本人才有。數年前，歐盟的調查機關SCCNFP（Scientific Committee of Cosmetics and Non Food Products，化妝品與非食品科學委員會）曾調查過一種名為指甲花（HENNA）的植物色素，發現它具有很強烈的毒性。但該委員會的學者們也和日本人一樣認為，「這是植物成分應該很安全……」，於是又重新進行了檢驗。

不過，無論是試管實驗或體內實驗都驗出它具有毒性，無法使用於染髮劑與化妝品內。儘管如此，最後的報告還是加上了「因為是植物，今後將思考其他的使用方法」這句話。這種不乾不脆的心態和日本人簡直沒兩樣，還真是有趣。

正因為有這樣的背景在後面推動，化妝品廠商與原料廠商才會不斷開發地球上的所有植物進行萃取。現在已是箭毒（狩獵用的毒）、魚毒（麻痺魚的毒）都能當成植物精華添加於化妝品的時代。可怕的是，被開發成化妝品的成分後，並非所有成分都做過安全性的測試。切記！植物並不安全。這是植物精華被認為有問題的最大理由。

容我再次提醒各位，無法用香皂洗臉的人，更不能隨便使用植物精華。假如誤用了不該使用的精華，讓身體受到致癌物質的影響或造成肝功能障礙、斑點等皮膚方面的問題豈不是太愚蠢了嗎。

關於香豆素這種植物毒

或許各位對香豆素（Coumarin）感到陌生，它是一種芳香成分，是親油性的芳香族碳化氫，也是植物毒之一。比起親水性的毒，親油性的毒更容易滲透皮膚，這點還請各位記住。

不過，在美容上有問題的植物毒不光是香豆素及其誘導體。雖然目前尚無詳細的調查資

香豆素的毒性

成分名	用途	用途
3－羰乙氧基補骨脂素（3－Carbethoxypsoralen）	光毒性	助曬劑
4,5,8－三甲基補骨脂素（Trimethylpsoralen）	光毒性	助曬劑
5,7－Dihydroxy－4－甲基香豆素	皮膚感作性	添加劑
5－甲氧基補骨脂素（5-Methoxypsoralen）	光毒性、接觸到陽光有致癌的危險	助曬劑
6－甲基香豆素	皮膚感作性、皮膚感光性及光過敏1978年FDA對防曬品製造商提出使用的自律	香料 口腔護理劑
7－Methypyrido [3,4,C] psoralen	光毒性	助曬劑
8-甲氧基補骨脂素(8-Methoxypsoralen)	光毒性	助曬劑
香豆素	致癌性、食品添加禁止、日本也使用	香料
二乙氨基甲基香豆素（Diethylaminomethylcoumarin）	皮膚感光性、日本也使用	添加劑
二氫香豆素（Dihydrocoumarin）	具皮膚感光性的危險	添加劑

出處：Stephen Antczak博士/Antczak Gina合著《化妝品安全度百科》產調出版

料，但應該還有很多。在此，先以香豆素為例進行說明。

有報告指出香豆素會造成接觸性皮膚炎與光接觸性皮膚炎，但造成最多問題的則是，多達數十種、數百種的喃香豆素（Furocoumarin；香豆素誘導體）。一般認為此類化合物是具有光毒性的物質。

不過，還是有人主張「香豆素並無光毒性」企圖加以掩護。就算沒有光毒性，也不代表它是安全的……

香豆素不但具有強烈的皮膚刺激性還有致癌性，故在美國及日本被定為禁用於食品的成分（日本自一九七〇年起規定）。其致癌性並非針對所有的哺乳類動物，而是特定於人體。

香豆素這種毒性物質經由重複接觸會引發癌症。「重複接觸」不就相當於日常生活中使用化妝品的情況，若皮膚的防護功能又受到破壞簡直毫無安全保障可言。

接觸性皮膚炎是指，因塗抹化妝品導致皮膚過敏的現象。而光毒性（phototoxicity）則是化學物質因光能產生活化使皮膚受到傷害。此外，過敏又分為免疫反應系統的過敏及受刺激而起的過敏。

日本人對美白瘋狂著迷，黑人也和日本人一樣。反倒是白人，總是希望自己能曬出一身古銅色的肌膚，因而出現了與防曬化妝品完全相反的助曬化妝品。

日本在二〇〇七年將香豆素與二乙氨基甲基香豆素登記為化妝品成分。這兩種香料成分的特徵是清爽的香味，因此很受到歡迎。但，香豆素是致癌物質且接觸到陽光可能會引起發炎或斑點的生成，二乙氨基甲基香豆素也會因陽光導致斑點形成。化妝品業界竟同意將這些納入化妝品成分中，未免太不謹慎了。

《化妝品安全度百科》（Stephen Antczak 博士、Antczak Gina合著）一書中有提到香豆素與喃香豆素的毒性，取得出版社的許可後我摘錄了部分內容（請參照上表）。兩種都包含在內。

香豆素存在時，其誘導體也可能同時存在，尤其是喃香豆素很難檢測出來。

因此，請盡量避免使用含有這類物質機率較高的植物較為安全。

雖然喃香豆素具有魚毒及皮膚的光毒，但在抗癌、麻醉等作用的藥物中有著相當的效果。這就是所謂的植物是藥也是毒吧。

喃香豆素在植物界中很常見，特別是芹科、豆科、柑橘科的植物。其特徵是會造成色素沉澱（斑點生成）的光毒性。因此，有人正在研究如何利用其毒性來治療尋常性白斑。

食用的蔬果安全嗎？

在普遍認為植物安全的現代，若是可食用的蔬果更加容易取得信任。請回想一下剛才提到喃香豆素時，芹科與柑橘科皆列為高含量的植物。說到芹科的代表蔬菜就是荷蘭芹、洋芹、芹菜、胡蘿蔔等。

某雜誌曾做過西洋芹化妝水的特別報導，我想就是看準了社會大眾信任食用蔬果的心態吧。這或許是仿效喜歡做日光浴的歐美人，用西洋芹製作化妝品的風俗而來。這完全忽略了人種的差異。

以前我曾在電視上看過某節目介紹，將柑橘類的水果裝袋、放入浴缸泡澡的健康法。但若泡澡後就這麼穿上衣物，隔天頸背與手臂可能還殘留著喃香豆素。假如直接外出，可能就會曬黑或出現過敏起疹的現象。一般市售的泡澡劑常使用香豆素系的香味，故使用時請多加留意。

當然，除了芹科與柑橘科的植物，其他植物也要小心。像是蕎麥（蓼科）因富含芸香素、膽鹼等維生素P被製成預防高血壓的食品。若將蕎麥汁加進化妝水，蕎麥所含的蕎麥堿（喃香豆素之一）會在臉上形成斑點，這點請各位牢記。

過去曾有廠商提出「喃香豆素可用香皂洗淨」的安全性謬論，隨便在產品中添加柑橘科的精華萃取物。這種行為相當不可取。

不使用反而安全的精華萃取物

由於目前尚未確定功效的精華萃取物還有很多，故提醒各位與其關注其效果倒不如多注意其毒性較為妥當。我認為較具安全性與可靠性的還是從以前就一直延續使用的植物。以下，將為各位介紹幾種含毒率較高的植物精華萃取物。

蒽醌（肝功能障礙、具致癌性的危險）

這是茜草科、蓼科、鼠李科（Rhamnaceae）及豆科的高等植物中所含的色素。豆科的高等植物是指，草類以外的樹木。有使用到這類萃取物的廠商請參考P161的成分表確認是否含有蒽醌並負起檢測濃度的義務。

喃香豆素（光毒性～誘發斑點形成物質）&香豆素（日光疹及日光接觸性皮膚炎、人體致癌性）

香豆素這種植物香料成分，接觸後會引起接觸性皮膚炎（碰觸後過敏起疹）或日光接觸性皮膚炎（碰觸後曬到陽光而過敏起疹）等刺激現象。此外，多數的香豆素誘導體都具有光毒性（經日光引發班點形成），請多加注意。

前文曾提到，美國有男孩們使用了添加薰衣草油的產品使得胸部發育變大，當中就被驗出含有香豆素。但，毒性物質也許不只香豆素。只是目前對於薰衣草油及茶樹油中共通的植物毒尚未查明清楚。

香豆素的誘導體統稱為喃香豆素，話雖如此，這些成分廣泛分佈於柑橘科、芹科與豆科的植物中。故其特徵是常出現在果實或果皮內。

除了P162~P163表列中的植物，應該還分佈在更多的植物內，關於這點還需要進一步的詳細調查。建議各位為了安全起見還是少碰為妙。

其他有毒的植物

除了前述蒽醌、喃香豆素或香豆素含量較高的植物外，一般含有毒性物質的植物請參閱P165~P166的表格。

像特納草葉精華（時鐘花科）和淫羊藿精華（小檗科）等催情藥也是常見的成分，但我實在不能理解添加的意義何在。由於許多植物都有毒性物質，真的很難說它們是安全的。而色素與香味成分至今也都含有不明的毒性。

廠商不斷增加化妝品中的植物精華成分藉以提高附加價值，消費者更該了解越是這樣的化妝品越具有危險性。

日常生活中用來製成化妝品的問題植物（皮膚炎）

利用家中常見的植物製作化妝水時，小心別誤用到會引起皮膚炎（過敏起疹）的植物（請見P167的表）。

基本的精華最為理想

植物精華萃取物中最有名的就是，末梢血管的「促進血液循環劑」，這相當於刺激劑，皮膚的「收斂劑」（收斂劑常與「消炎劑」畫上等號）。另外，還有防腐劑、漂白（美白劑）、細胞賦活劑等，選擇時請小心其可能並存的毒性成分。我個人推薦的是「」內的成分。過度嶄新的科學說明，可能只是為了欺騙消費者使出的手段，就連毒性的檢測也草草帶過，這樣的成分真的很可怕。

話雖如此，也有像P4那樣與植物成分相符的情況。

最後我想跟各位聊一聊關於植物精華萃取物的濃度。曾有人批評植物精華的配合濃度過低，那麼我們就來試算看看。但，這只是我大膽的假設，僅供各位「參考」而已。

以促進血液循環劑、毛根刺激劑、生髮劑等主要用於生髮產品的康復力精華來做試算。

從一克整株乾燥的康復力（假設未乾燥的為八克）可抽取出〇・二左右的純精華。假如一百CC的生髮劑中若添加〇・二%的精華，就等於使用了〇・五克整株乾燥康復力（＝四克未乾燥）的精華。

可能含有蒽醌的精華萃取物

◆茜科植物的精華、汁液、粉末等

茜草根、阿仙藥、阿仙藥精華、阿仙藥樹精華、貓爪草精華、水解梔子精華、兒茶鉤藤葉、雞納樹精華、雞納樹皮精華、梔子青、梔子精華、梔子黃、車葉草精華、咖啡精華、咖啡種子精華、山黃梔精華、黃金雞納精華（孕婦不可使用）、西洋茜草根（禁止添加食品）、西洋茜草根精華、大溪地諾麗果、大溪地諾麗果汁

◆蓼科植物的精華、汁液、粉末等

蓼藍、蓼藍精華、虎仗根精華、拳參根精華、連明子精華、掌葉大黃精華、掌葉大黃根精華、蕎麥種子精華、蕎麥葉精華、何首烏精華、何首烏根精華、牛耳大黃根精華、扁蓄精華、西酸模精華、狹葉酸模精華

◆鼠李科植物的精華、汁液、粉末等

鼠李樹皮精華、枳椇子精華、大棗精華、棗果實精華

◆豆科植物的精華、汁液、粉末等

阿拉伯膠樹精華、洋蘇木、洋蘇木精華、刺槐豆果實精華、金雀花精華、槐樹花苞、槐根精華、槐葉精華、槐花精華、水解藍花假紫荊樹皮、義大利番瀉葉精華、紫檀木精華、古巴香脂、莿毬花精華、蘇木、羅望子精華、羅望果膠、羅望子種皮精華、翅莢決明精華、大葉合歡、白高顆（野葛根）精華（疑似含有荷爾蒙物質）、紅高顆根、紅高顆根精華、花櫚木精華、花櫚木樹皮精華、祕魯香脂、粗軸雙翼豆樹皮、粗軸雙翼豆樹皮精華、瓦瑪拉木精華、狹葉番瀉籽精華、細花含羞草樹皮精華、南非如意寶精華、長角豆膠、洋蘇木精華

可能含有喃香豆素、香豆素的精華萃取物

◆柑橘科植物的精華、汁液、粉末等

美式花椒樹皮精華、黃蘗、黃蘗精華、黃蘗樹皮精華、甜橙果實精華、甜橙萃取液、甜橙果汁、甜橙果皮、甜橙果皮精華、甜橙花精華、甜橙花水、白柚萃取液、葡萄柚精華、葡萄柚萃取液、葡萄柚汁、葡萄柚果皮、葡萄柚果皮精華、葡萄柚籽精華、（混合植物/蜂蜜）發酵精華（柑橘科較多）、山椒精華、山椒果實精華、酸橙果皮精華、陳皮、陳皮精華、橙皮精華、布枯精華、苦橙精華、苦橙果皮精華、苦橙花精華、苦橙花水、毛果芸香葉精華、竹葉花椒精華、佛手柑果實精華、芸香精華、椪柑果實精華、柑橘果實精華、柑橘果皮精華、咖哩葉精華、柚子果實、柚子果實精華、萊姆果實精華、萊姆果汁、檸檬精華、檸檬果實精華、檸檬萃取液、檸檬果汁、檸檬果汁精華、檸檬果汁末、檸檬果皮精華、黃柑葉精華

◆芹科植物的精華、汁液、粉末等

阿魏精華、阿魏根精華、明日葉、明日葉精華、大茴香果實精華、大茴香籽精華、歐白芷根精華、羊角芹精華、茴香、茴香果實精華、蛇床果實精華、當歸根精華、胡蘿蔔、胡蘿蔔萃取液、胡蘿蔔根、胡蘿蔔根精華、胡蘿蔔種子精華、小茴香籽精華、孜然精華、海茴香精華、芫荽果實精華、洋芹精華、川芎、川芎精華、川芎萃取液、雷公根精華、雷公根葉莖、東當歸、東當歸精華、東當歸萃取液、東當歸根精華、毒參根精華、荷蘭芹精華、白松香精華、柴胡根精華、歐當歸根精華

可能含有喃香豆素、香豆素的精華萃取物

◆豆科植物的精華、汁液、粉末等

阿拉伯膠樹精華、三葉草葉精華、三葉草花、三葉草花精華、墨水樹、墨水樹精華、紅豆、紅豆種子精華、紫苜蓿精華、紫苜蓿葉、黃苜蓿花精華、長角豆精華、四季豆種子精華、甘草根精華、槐樹、槐樹花苞、槐根精華、槐葉精華、槐花精華、豌豆精華、豌豆粒根精華、野豌豆根粒精華、芒柄花精華、C耳葉番瀉葉、水解闊華豆膠、水解藍花假紫荊樹皮、水解鷹嘴豆種子精華、葛根精華、義大利番瀉葉精華、甘草、甘草精華、甘草根、甘草根精華、甘草葉精華、黃羽扇豆種子精華、闊華豆、瓜爾豆根粒精華、苦參精華、苦參根、苦參根精華、勃氏黧豆精華、紫檀木精華、古巴香脂、葫蘆巴豆種子精華、葫蘆巴豆根粒精華、大葉山扁豆精華、白羽扇豆種子精華、金合歡精華、蘇木精華、西洋百脈根花精華、大豆精華、大豆種子精華、大豆根粒精華、大豆芽精華、羅望子精華、羅望子膠、羅望子種皮精華、蝶豆花精華、刀豆種子精華、木藍精華、木藍葉、灰毛豆種子精華、翅莢決明葉精華、針槐花精華、班巴拉花生種子精華、含羞草（豆）科金龜樹屬、兵豆根粒精華、大葉合歡、白高顆（野葛根）精華、艷紫鉚根、艷紫鉚根精華、花櫚木精華、花櫚木樹皮精華、祕魯香脂、粗軸雙翼豆樹皮、粗軸雙翼豆樹皮精華、瓦瑪拉木精華、狹葉番瀉籽精華、細花含羞草樹皮精華、細花含羞草葉精華、草木犀精華、蛾豆種子精華、綠豆精華、青豆種子精華、花生種皮精華、南非如意寶精華、德克薩斯羽扇豆根粒精華、胡枝子精華、鷹爪豆花精華、蓮華草精華、長角豆膠、洋蘇木精華

由於康復力具刺激性，有人認為這樣的濃度太高。那麼，若將濃度控制在〇·〇三%，等於生毛劑中添加了一·三克未乾燥康復力的精華。

這樣究竟是多是少只能根據決定者的經驗與安全濃度測試來決定。植物精華萃取物目前就是處於這般曖昧不明的狀態。雖然這只是我的粗略估算，但應該能給各位當作「些許的參考」吧。

可能含有毒性物質的精華萃取物

●蘆筍精華（引起皮膚炎）●蘆筍根部精華（引起皮膚炎）●亞麻籽精華（具毒性）●絞股藍（或稱七葉膽、五葉蔘）精華（皂素含量高，70種以上）●西洋參根精華（皂素含量高）●小牛蒡根精華（孕婦不可使用）●山金車精華（毒性強烈）●山金車花精華（具毒性）●紫苜蓿精華（詳細資料不明、具毒性）●蘆薈類（毒性色素）●淫羊藿精華（勿長期使用）●地中海絲柏球果精華（孕婦不可使用）●蕁麻精華（含甲酸，或稱蟻酸、組織胺、血清素等）●蕁麻根精華（含甲酸、組織胺、血清素等）●蕁麻葉精華（含甲酸、組織胺、血清素等）●七葉樹皂苷（含西洋橡木的皂素）●紫茉莉精華（整株含胡蘆巴鹼）●鬼罌粟花精華（具毒性物質）●芍藥根精華（具毒性）●咖啡因（含生物鹼．烈藥）●杏仁精華（含數%的杏素(生氰苷或稱含氰配醣體）●皂皮樹樹皮精華（含大豆皂素）●白屈菜精華（含生物鹼等物質）●野菊或稱油菊精華（皂素含量高）●黑桑葉精華（皂素含量高）●麴酸（致癌性，醫藥部外品可使用、化妝品禁用）●黑檀樹皮精華（恐引發氣喘）●可樂果精華（含大量咖啡因）●康復力精華（易引發肝靜脈閉塞性疾病）●康復力根精華（易引發肝靜脈閉塞性疾病）●康復力葉精華（易引發肝靜脈閉塞性疾病）●石鹼草精華（皂素含量高）●血根草精華（毒性強烈(FDA警告））●田七精華（皂素含量高）●田七根（皂素含量高）●大葉山扁豆精華（含有毒色素）●巴西白木根精華（含毒性成分苦木素）●黃麻（莖有毒）●菖蒲根精華（根莖有毒）●雞蛋花精華（屬毒性高的夾竹桃科）●草棉精華（整株都有毒）●黃金雞納精華（孕、產婦勿使用）●金銀花（含皂素）●歐鼠李樹皮精華（具毒性）●纈草根精華（現已驗出部分成分含細胞毒性）●德國梨精華（有毒）●德國梨葉精華（有毒）●林生玄參精華（具毒性）●繡線菊精華（含水楊酸）●繡線菊花精華（含水楊酸）●遠志根精華（皂素含量高）●大茴香果實精華（含莽草毒素，劇毒）●金絲竹精華（含氰化合物）●頭花千金藤根精華（副作用強烈）●龍蒿根精華（含7-甲氧基香豆素〔喃香豆素〕）●竹醋液（含氰化合物）●熊竹精華（含氰化合物）●茶葉（含咖啡因）●墨西哥野生山芋根精華（皂素含量高）●鐵木種子精華（孕婦勿使用）●蘭撒果精華（箭毒）●雷氏澳茄葉精華（含生物鹼）●辣椒精華（負面表列登記成分）●辣椒果實精華（負面表列登記成分）●毒參精華（含有毒物質毒芹鹼〔生物鹼〕）●刀豆種子精華（含生氰苷等毒

可能含有毒性物質的精華萃取物

性物質）●灰毛豆種子精華（有毒色素）●中亞苦蒿精華（具毒性）●紫花地丁精華（含生物鹼・皂素）●酒神菊樹精華（禁用標準依各人體質）●扁柏酚（負面表列登記成分）●可樂果種子精華（咖啡因含量過多）●小蔓長春花精華（屬夾竹桃科，故須確認毒性）●聚合草精華（＝康復力精華）●檳榔種子精華（引起興奮作用）●款冬葉精華（含毒性物質生物鹼）●水仙鱗莖精華（含毒性物質生物鹼）●絲瓜水（皂素含量高）●指甲花精華（具基因誘變性）●指甲花葉精華（具基因誘變性）●木蘭樹皮精華（酚類〔防腐劑〕）●狹葉番瀉籽精華（含毒性色素）●芒果果汁（屬漆科，易引起過敏反應）●毒蔘茄根精華（有毒・含麻藥成分）●無患子精華（皂素含量高）●桃葉精華（含生氰苷 ）●小絲蘭根精華（皂素含量高）●絲蘭萃取液（皂素含量特別多）●絲蘭精華（皂素含量特別多）●垂序商陸精華（雖毒性不高，但整株都有毒）●菊蒿精華（整株都有毒）●羅布麻葉精華（可能含有毒性色素。屬夾竹桃科恐含有其他毒性物質）●薰衣草精華（含喃香豆素）

■表格中的「皂素」是天然的非離子系界面活性劑。即使是天然物也會使皮脂流失，植物含量較多時恐將提高化妝品的界面活性劑效用，最好避免使用。

■生物鹼——含氮原子的鹼性物質。雖是植物毒但在藥品開發上頗具功效。較廣為人知的生物鹼有，烏頭鹼（烏頭）、咖啡因（茶）、奎寧（金雞納）、箭毒（在亞馬遜很有名）、番木鱉鹼（馬錢子）、可卡因；又稱古柯鹼（古柯樹）、茄鹼（馬鈴薯）、茶鹼（副作用強烈的支氣管擴張劑）、多巴胺（興奮劑）、尼古丁（香菸）、嗎啡（鴉片）等。

日常生活中常見卻有問題的植物

蘆筍（百合科）、蘆薈（百合科）、無花果（桑科）、大麥（稻科）、奇異果（木天蓼科）、葡萄柚（柑橘科）、芝麻（芝麻科）、康復（紫草科）、芋頭（芋科）、捲葉紅萵苣（菊科）、薑（薑科）、西洋芹（芹科）、蕎麥（蓼科）、白蘿蔔（油菜科）、筍（稻科）、洋蔥（蔥科）、蒲公英（菊科）、木天蓼（木天蓼科）、番茄<莖、葉>（茄科）、胡蘿蔔（芹科）、大蒜（百合科）、蔥（蔥科）、鳳梨（鳳梨科）、荷蘭芹（芹科）、木瓜（木瓜科）、青椒（茄科）、青花菜（油菜科）、菠草（藜科）、芒果（漆科）、鴨兒芹（芹科）、紫露草（露草科）、桃（薔薇科）、萊姆（柑橘科）、萵苣（菊科）、檸檬（柑橘科）

第四章重點整理

1. 與其注意植物精華萃取物的藥效，更應該留意其毒性。
2. 使用抗老化化妝品或美白化妝品的人，請記住植物精華是危險成分。特別是無法用香皂洗臉的人更要避免使用。
3. 大部分的植物精華，其安全性至今仍未獲得明確證實。
4. 許多植物精華都含有導致斑點形成、引發肝功能障礙、致癌性等毒性物質。

第五章

重新思考界面活性劑

界面活性劑是製造化妝品時的必要成分，許多參考書籍也都這麼載明。本章是針對一般參考書籍未提及的重要問題，因此，以下先為各位做簡單的說明。

本書不使用合成界面活性劑這個名稱，而是以界面活性劑稱之。或許會造成閱讀上的混亂，但只有在本章而已，還請各位多多包涵，配合一下。不過，各位心裡可想成是「合成界面活性劑」。

只要讀完本章，相信各位就會了解我為什麼要省略掉「合成」二字。

界面活性劑的眾說紛紜都是廠商搞的鬼

約莫距今三十年前，三重大學已故的三上美樹教授與先父曾面對面討論過。當時，他們對合成清潔劑與化妝品中所含的界面活性劑有著共同的疑問。

香皂和合成界面活性劑皆為界面活性劑，當時尚未出現合成界面活性劑這個名稱。戰後自美國導入，用於洗淨劑、乳化劑的界面活性劑才被稱為合成界面活性劑，但「合成」二字卻成了令消費者困惑的原因。廠商以「因為是使用身體必須的氨基酸製成的清潔劑，所以很安全」這樣的謊言來欺騙消費者。

就是這種偽科學的宣傳手法誤導了消費者，扭曲了美容的觀念。

大錯特錯的觀念──「石油合成的界面活性劑碰不得」

越來越多人知道界面活性劑是造成化妝品公害的最大原因。但，這些人並非全都對於「為何界面活性劑對皮膚不好」有著正確的認知。

當中最多人的誤解是，「因為是石油合成的，所以碰不得」。

這可說是狡猾的廠商以「我們沒有使用石油系界面活性劑。因此請各位安心使用」之類的話矇騙了消費者。

時至今日，幾乎所有東西都能當成界面活性劑的原料。危險的絕非只有石油製成的界面活性劑。

這就和曾經流行一時的「未使用指定成分的防腐劑」一樣，只是廠商的宣傳手法。指定成分是指，「用量極少卻可能引起過敏等皮膚問題的成分」，是刺激性偏強的成分。廠商先告訴消費者「指定成分很危險喔，但我們沒有使用」，然後推出未添加指定成分的防腐劑，或未使用合成聚合物類防腐劑的凝膠產品。

化妝品業界面對消費者的疑問時，很懂得如何利用巧妙的說話技巧混過去。我就曾被許多人問過：「廠商是這樣告訴我的，這樣真的對嗎？」深入了解後才發現消費者的主張都是正確的，而廠商說的全是謊言。

即便許多廠商都對外宣稱他們沒有使用界面活性劑，其實，暗地裡卻是用得比誰都兇！Neways（新衛斯）、ASKA（愛斯肯）、RICE FORCE……對於自己愛用的化妝品感到可疑而來向我諮詢的人不計其數。

哇～好清爽！
因為是氨基酸不是石油，所以很安全
沒錯
洗面乳
什麼！氨基酸可以做成界面活性劑？
……
洗面乳

前文中曾提到，RICE FORCE這家廠牌透過有線電視的頻道播放「不使用石油系界面活性劑」的宣傳廣告，並因該廣告使業績成長。好不容易正式在電視上亮相卻突然將產品變更為藥妝品（後述），對於界面活性劑更是三緘其口、隻字未提（現已改為全成分標示，之前的宣傳廣告勢必又將拿出來炒作一番）。

相較於深信石油系界面活性劑為禁忌的人，不少人雖然有著基本知識卻對「合成」二字感到排斥。其實自然界也存在著界面活性劑。但，只將合成物稱為合成界面活性劑，並直接貼上「不可以使用！絕對不行！」的標籤的人，我認為實在沒那個必要。

為何要將合成界面活性劑視為界面活性劑

合成界面活性劑自一九五〇年代起疾速普及，多年來引發了爭議，至今卻仍未獲得明確的定位。我認為是化妝品製造商為了圖利自身，透過宣傳捏造出「合成」二字混亂了消費者。

日本的化妝品廠商ASKA對外宣稱「我們的產品完全不使用石油的合成界面活性劑」，私底下卻明目張膽地添加其他的合成界面活性劑。雖然該廠商後來變得很有名，但其做法不等於是把消費者當成傻瓜耍著玩嗎。

宣傳上強調只使用天然原料的廠商，在化妝品業界相當的多。

合成界面活性劑的缺點常被拿來與香皂做比較。但，就像有人不明白「為何香皂這種界面活性劑是安全的」，不少人也不清楚合成界面活性劑為什麼不好的真正原因。因此，才會有人被前述的那種惡質廠商所欺騙。

此外，界面活性劑不只用於化妝品，它會以各種形式出現在你我家中。界面活性劑的種類很多，對皮膚產生的影響也各有異。至於哪一種較危險，則會因為界面活性劑的評價而出現差異。為了不造成各位的混亂，以下是我歸納出來的說明。

①合成界面活性劑與天然界面活性劑皆屬界面活性劑。因為兩者都會讓皮脂和角質層的脂質流失。唯一的不同是，天然界面活性劑會自然代謝消失。

②香皂就叫「香皂」，未冠上「界面活性劑」五個字。

根據上述原則將界面活性劑分成了兩種。

合成清潔劑與皂類清潔劑被區分為「清潔劑」、「皂性清潔劑」；合成洗髮精和皂類洗髮精也被分為「洗髮精」、「皂性洗髮精」。這已是大部分的人心中的認知。

香皂這種界面活性劑之所以安全，是因為洗臉或洗頭後，香皂會因皮膚的酸喪失洗淨力、而變得無毒。即使皮膚老化、酸性降低，殘留在皮膚的香皂還是會因為酸性化妝水、酸性潤絲而喪失毒性。但，界面活性劑卻做不到這點。它不但會殘留在皮膚表面，還會滲透皮內使角質

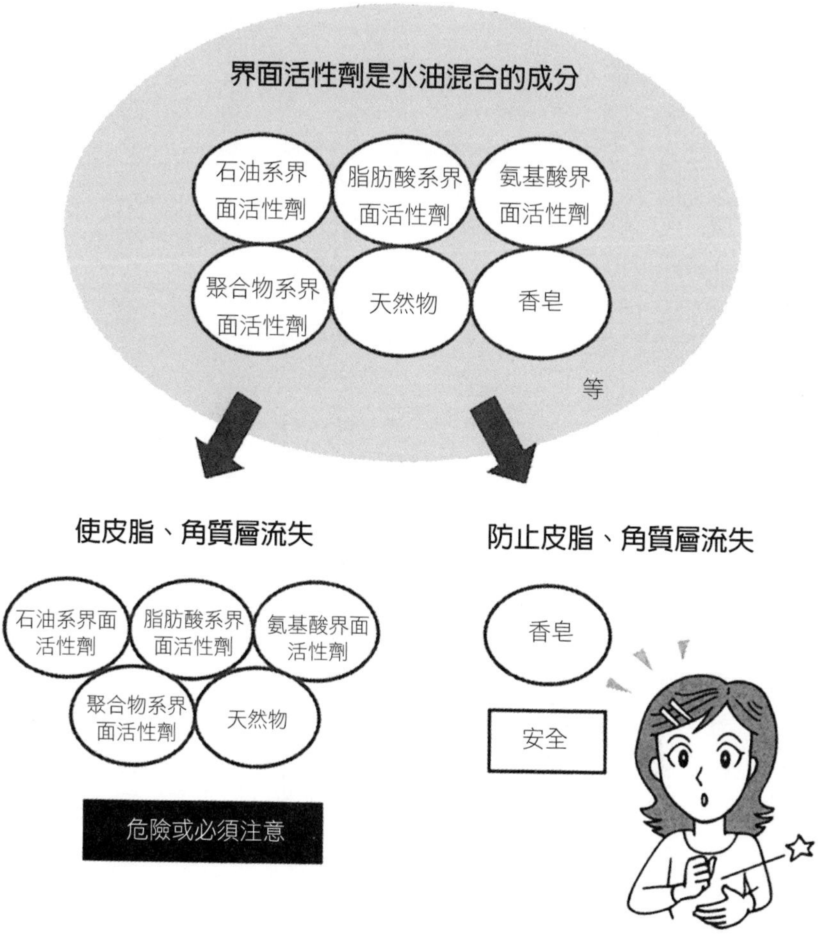

不可從原料來判斷危險度

- ■界面活性度（作用強烈與否）
- ■濃度（添加比例的多寡）
- ■配合數（是否為多種類配合）

細胞間脂質持續流失，造成乾性肌膚。

順便提醒一下各位，香皂也會洗去皮脂，並非百分之百的安全。每個人應該選用適合自身皮膚的濃度，若因化妝品導致過敏反應或感覺用香皂洗臉會疼痛時請暫時停止使用。

界面活性劑是化妝品成分之王

界面活性劑是油水混合物，在化妝品中被廣泛應用。以下為各位說明幾項常見的用途。

①將油汙與水混合、洗去（洗淨劑）……潔顏品、洗髮精、洗面乳、沐浴乳。
②將油與水混合後，呈現白濁狀（乳化劑）……乳液、乳霜。
③將皮膚防護層的油脂與水混合、去除（浸透劑）……美白化妝品、抗老化化妝品、除皺化妝品、生髮劑。
④使皮膚充滿水分，變得滋潤（保濕劑）……美容液、化妝水、乳液、乳霜。
⑤讓不溶於水的成分溶解於水（可溶化劑）……添加維生素A的化妝水等。
⑥防止靜電，讓頭髮變得柔順（防靜電劑）……潤絲、洗髮精。

除了前述六種，界面活性劑的用途還有很多。像是，粉底、粉底液、腮紅、口紅、睫毛膏、眼影、造形慕絲、髮油、髮蠟、染髮用化妝品、染髮劑（藥用化妝品）……幾乎所有的化妝品都可見其蹤跡。由於化妝品的成分是採製造商登記制，故每年都會持續增加新成分。日本在二〇〇七年二月時已增加至近八千種。

二〇〇六年達近六千種時，我曾計算過當中的界面活性劑數量。結果發現成分中約三二%都是界面活性劑（皂類除外）。界面活性劑可說是化妝品成分之王。

化妝品的三大成分為界面活性劑、植物精華萃取物、合成聚合物，然而界面活性劑已遙遙領先其他兩種。這個數據也明顯表示，過去受到消費者團體批評的界面活性劑，現已成為製造化妝品時不可或缺的要素。

美國的化妝品百科是風險企業的靠山

日本在二〇〇八年規定生髮劑、美白劑等藥妝品全面採全成分標示（但為非強迫性的業界自主標示制）。請各位看看包裝上的成分表。裡頭添加的界面活性劑應該與化妝品相同或多於化妝品。

若未添加滲透劑，生髮劑或美白劑就無法滲入皮膚。因此，這些商品都必須使用界面活性劑做為滲透劑。

根據美國化妝品工會出版的化妝品成分百科，多數的界面活性劑都被稱為保濕劑、潤膚劑

（emollient）、護膚素、護髮劑。我想日本的化妝品業界就是根據這個想出消除消費者心中對界面活性劑排斥感的方法。

因為日本化妝品工會出版的化妝品百科和美國的簡直一模一樣，而其造成的影響也相當大。特別是對在泡沫經濟瓦解後迅速成立的新廠商來說，根本不會去注意界面活性劑究竟有沒有問題。

新型態的界面活性劑出現

乳液會依界面活性劑的量、種類、親水力等因素對皮膚造成不同程度的損壞。大量併用多種親水性高的界面活性劑所製成的乳液相當危險。若長期使用，將使皮膚的防護功能變弱、容易因刺激物產生過敏反應。而且，因為防護層受損讓水滲透進皮膚，使許多人誤以為眼角細紋真的消失了。因此，之前乳液曾被視為化妝品公害的代表。

爾後，出現了名為美容液的凝膠化妝品。在日本芳珂公司疾速成長的時期，從乳液到乳霜全被凝膠取而代之。但，使用水溶性聚合物製成的凝膠，雖然能讓水進入皮膚卻也隱藏著驚人的副作用。

完全不使用化妝品才是真正的肌膚

從人們開始將油塗抹在皮膚的時代起，距今二〇〇〇年前出現了油水各半混合的乳霜，到了超過一百年前又誕生出將油分控制在三十%以下的雪花膏。

若只發展到剛才一切都還算ＯＫ，但約莫六十年前，隨著美國洗衣機的普及而開始盛行的界面活性劑也成了不可開啟的潘朵拉祕密寶盒。

乳霜原是當成皮脂的代用品，因為擦了之後的觸感不佳，被改良成油分少的乳液。後來又把水溶性合成聚合物作為油劑的一部分，使得女性的皮膚越來越少接觸到油分。

現代的化妝品更是竭盡所能地排斥油分，不斷增加水的用量、減少油的用量，甚至製造出只添加植物油來吸附皮脂的凝膠型乳霜。

不過，凝膠為何可以吸附皮脂呢？以下是凝膠（美容液、乳液、乳霜）的基本配方。

凝膠＝水＋水溶性聚合物＋界面活性劑

那麼，把凝膠塗抹在皮膚上會發生什麼事呢。

首先，界面活性劑與水溶性聚合物會一起將皮脂去除，且界面活性劑會奪走角質細胞間的脂質，破壞皮膚的防護層。然後，水分會從防護層受損的地方滲入，使皮膚膨脹。最後，水溶性聚合物會形成一層薄皮膜讓水分被緊緊鎖在皮膚內。

這就是凝膠化妝品的真面目。利用水分使皮膚保濕，同時因膨脹效果撐開了皺紋。

不過，一旦停止使用這樣的化妝品，約莫一週至十天內進入皮膚的化妝品水分就會蒸發消失。即使因為有界面活性劑使水分難以流失，因為聚合物覆蓋著皮膚表面水分不易蒸發，最多也撐不過十天以上的時間。

因此，只要十天都未使用那個化妝品，水分就會消失，臉上的皺紋也會比之前更加明顯。為什麼呢？因為皮膚的防護層被破壞了啊。流失的不只是化妝品添加的水分，還包括了皮膚原本就有的水分。

「使用了化妝品的皮膚」並不是你真正的皮膚。「完全不使用化妝品的皮膚」才是真正的皮膚。要讓皮膚擺脫化妝品大約需要十天的時間。因為化妝品中添加了防止水分流失的成分，所以得花上這麼久的時間。負責那種作用的成分稱為閉塞劑。

閉塞劑是指，防止進入皮膚的水分或藥物蒸發、流出的密閉劑，它是以合成聚合物及低油分的脂質所製成。但，在日本不以閉塞劑稱呼（在美國稱為〔Occlusive〕）。至於原因為何…

……請各位自行想像囉。

水溶性聚合物提升了界面活性劑的效力

相信各位應該都已經了解水溶性聚合物對凝膠化妝品來說就是閉塞劑這個角色。但，水溶性聚合物的作用並不止於此。

前文中曾提到「界面活性劑與水溶性聚合物會一起將皮脂去除……」，由此可知水溶性聚合物和界面活性劑有著相同的作用。

為了幫助各位理解，我做了個簡單的實驗。請參閱P3的圖片往下閱讀。

圖片③是將九〇CC的水＋一〇CC大豆油，以一克的水添卵磷脂（界面活性劑）乳化而成的乳液。因乳化力不足，上方出現油水分離的現象。

圖片④是將七〇CC的水＋三〇CC大豆油，以一克的水添卵磷脂（界面活性劑）乳化而成的乳液。上方同樣因為乳化力不足出現明顯的分離層。

圖片⑤、⑥則是分別在③和④的燒杯內加入一・八克的聚丙烯酸（水溶性合成聚合物）攪拌後形成的乳液。結果不再分離、呈現完美的乳化狀態。從實驗便可得知，水溶性合成聚合物能提高界面活性劑的效力（乳化作用）。

水溶性聚合物可製出不油膩的乳液，並在皮膚上形成像是非常親膚的皮膜，但它終究是屬於界面活性劑的成分，對皮膚的生態環境只會造成傷害。既然已知道水溶性合成聚合物是一種乳化劑（界面活性劑），那麼各位也能理解過去的乳液為何能演變成現代的凝膠化妝品了吧。

現代的乳霜及乳液都是以「水＋界面活性劑＋合成聚合物」，或「水＋界面活性劑＋油＋合成聚合物」的配方調製而成。雖然實際上還會添加植物成分或氨基酸等與健康有關的素材，但基本上的結構就是這兩種。各位不妨看看手邊化妝品的成分表，確認是否就是由這兩種配方之一所構成。

我認為水溶性合成聚合物應被視為新型態的界面活性劑，這種高分子的界面活性劑無法滲透皮膚，而是透過物理方式奪取皮膚的皮脂。

除了界面活性劑濃度不斷增加的現象，合成聚合物也已成為現代化妝品的大問題之一。了解這件事對你我選購化妝品時會是很重要的判斷依據，然而現實生活中卻幾乎無人知曉。

問題多多的界面活性劑

不過，我並不完全否定界面活性劑的存在。因為就連皮脂也會被微生物分解產生的脂肪酸、單酸甘油酯等界面活性劑乳化。話雖如此，單酸甘油酯，如硬脂酸單酸甘油酯（標示名稱

皮脂流失的形成（模擬圖）

一般的界面活性劑

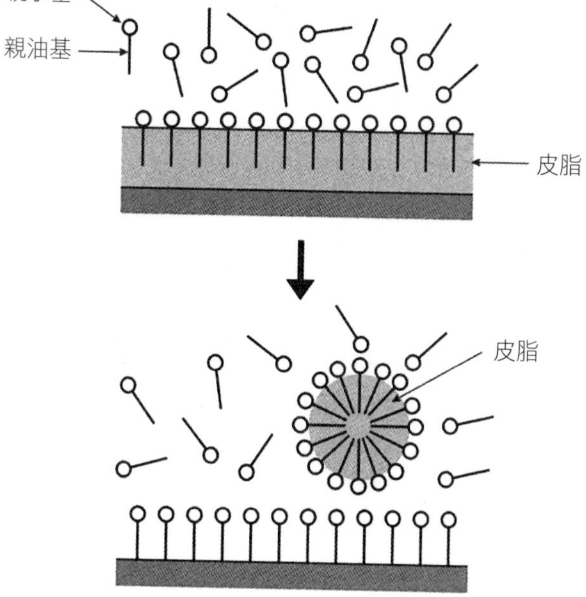

聚合物系界面活性劑

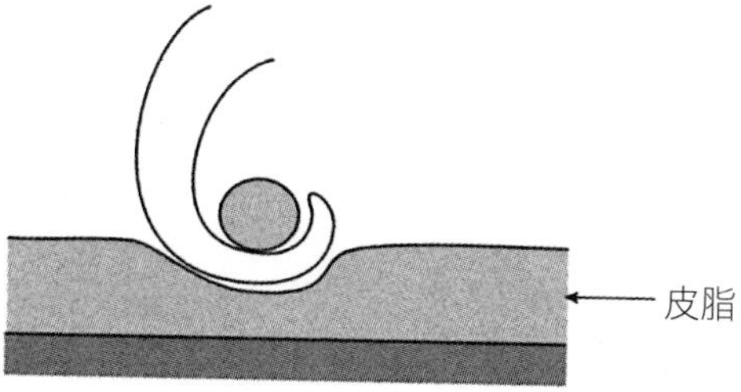

會省略「單酸」二字）也不一定安全。全得依據其濃度而定。

製作乳液或乳霜時，最重要的原則就是「可乳化的程度」之濃度為最佳。但，有時因為氣溫的變化或存放時間出現油水分離的狀況，使做好的產品變成不良品。基本上最理想的界面活性劑用量是，開封後使用了十個月左右都沒有分離的程度。

但，要找到符合這種條件的化妝品實在不容易。

缺乏油分會增加界面活性劑的毒性

其實，相較於添加在比較油的化妝品內，將界面活性劑與化妝水、美容液等較無油分的化妝品調和會更危險。以下為各位簡單說明一下原因。

界面活性劑具有使油水混合的作用。這種作用稱為乳化。請各位先記住這點。

那麼，若將添加了界面活性劑的水溶液塗在臉上會怎麼樣呢？臉上的皮脂會因界面活性劑與水溶液的水產生乳化，只要用毛巾擦臉就會把皮脂擦掉，假如一直沒擦，界面活性劑也不會被分解、持續存在，待洗臉時皮脂就會被沖洗掉。

那麼，若在界面活性劑的水溶液中加入油劑又會產生什麼變化呢？因為油水混合使界面活性（乳化效用）被消耗，臉上皮脂被沖洗掉的量就會減少。

也就是說，有油存在的時候界面活性劑的乳化力就會變弱。油量越多乳化力越弱。要是少了可消耗界面活性的油分，皮脂就會直接受到界面活性的傷害。

然而有時買到的乳液，不是界面活性劑的種類太多，就是因為界面活性劑的標示位置在成分表內前幾項，讓人心生猶豫不知道該不該用。如果你也是這樣，讓我來教教你如何減少界面活性劑的毒性。

請在乳液中加入一〇～二〇%的大豆油或紅花油混合使用。雖然會變得有點油，但界面活性劑的毒性就減少了。

管它天然或合成，只要是界面活性劑就是有害

塗抹乳液或乳霜後，做為乳化劑添加的界面活性劑會與皮脂混合而殘留。因界面活性劑的親油性強（較能與油融合），所以會和皮脂及角質層細胞間脂質混合並殘留其中。換言之，皮脂及角質細胞間脂質會變成與周圍水分容易混合的狀態。

若稍稍提高乳化劑（界面活性劑）的親水性或增加其分量，皮膚防護層核心的脂質會混合在周圍的水分內擴散流失。這就是被當成乳化劑的界面活性劑之毒性。

要是，親水性再提高，防護層核心的脂質便會立刻與周圍的水分混合、擴散消失。這就是

被當成洗淨劑的界面活性劑之毒性。由此可知，洗淨劑比乳化劑的毒性還強。

若是當成滲透劑使用，因為必須一次就破壞掉防護層，以乳化劑或洗淨劑的程度並無法達到效果，故會併用數種、增加用量製成超過洗淨劑等級的界面活性。

因此，界面活性劑之所以可怕與它是合成或自然無關，而是因為這是「皮膚防護層與界面活性劑效力的戰爭」。為達成乳化、洗淨或滲透目的而添加的界面活性劑，若效力不足就併用數種或增量，以達到需要的界面活性力。

無論目的為何，皮膚的防護層都會受損，但最可怕的還是一次破壞掉防護層的滲透劑。有些廠商便將添加了滲透劑的產品稱為潔淨洗髮乳（使生髮成分滲入頭皮）。切記！界面活性劑就是這麼「善變」的成分。

至於香皂，由於使用後會隨即因為皮脂的酸或酸性化妝水、酸性潤絲而喪失洗淨力。此外，香皂又會與分佈在皮膚的鈣形成無洗淨力的金屬皂，故具有其他界面活性劑沒有的安全性。對化妝品業者而言，輕易被皮脂的弱酸性物質破壞洗淨力的界面活性劑可不是好產品。最好是能做出在海水或酸性的溫泉池都能使用的洗淨劑。所以雖然香皂很安全，但真正暢銷的都是香皂之外的界面活性劑。

不過，說到合成界面活性劑，一般的女性還是很排斥石油系界面活性劑，而認為氨基酸的界面活性劑和天然成分的界面活性劑比較安全，遲遲無法擺脫這種錯誤的觀念。

我會提出界面活性劑這個成分，是站在美容的角度來提醒各位，為避免形成乾性肌膚必須好好保護皮膚的防護層，並不是出自醫學的立場提出警告。或許最後的結論差不多，但我希望有使用化妝品的女性能夠明確區分其差異。

合成界面活性劑這個用語，容易讓人聯想到和體液混合後產生的毒性，反而招致女性的誤解。既然如此，我認為還是像過去那樣將香皂稱為香皂，其他的界面活性劑（即今日的合成界面活性劑）稱為界面活性劑的方式才不會造成消費者的混亂。

化妝水裡的界面活性劑是水分的浸透劑！

某天，有人拿了近六千元的化妝水請我幫忙檢查其成分表，結果我馬上發現裡頭加了洗淨劑用的界面活性劑。通常，化妝水裡添加界面活性劑是為了讓親油性的維生素A等成分溶解於親水性的化妝品（該化妝水就是如此）。因為添加的維生素A屬於微量，故當作可溶化劑的界面活性劑也只需微量即可（要是加太多親油性物質，出來的成品就不是化妝水而是乳液）。

可是，那瓶六千元的化妝水竟然加了洗淨劑用的界面活性劑……。我心想「雖然是洗淨用的成分，但目的應該還是當成可溶化劑吧」。為了慎重起見，我將裝了化妝水的容器用水沖洗。結果，容器裡全是泡沫。而且起泡的程度還不是微量，而是極多的量（換算成廚房用清潔劑，約為三〇～四〇%的比例）。也就是說，添加的界面活性劑並非可溶化劑，而是要讓水分滲入皮膚的滲透劑。而且還是以「極快」的速度滲入。

我們目前身處在無奇不有，容易上當受騙的時代。所以，請試著將化妝水滴在掌心加水混合，觀察看看會不會起泡，免得等你發現皮膚防護層受到傷害便為時已晚了。只是即刻讓皮膚充滿水分、使皺紋暫時消失卻讓購買的人非常喜悅，認為「六千元花得很值得」。想到這，我不禁為這些人感到悲哀。

將Hydrotrope翻譯成水溶助劑，真是一絕！

除皺化妝品會破壞皮膚的防護層，使水分滲透進皮膚。雖然皮膚會因為水分而膨脹，但一般的美容液、乳液、乳霜等仍會再添加親水性強的界面活性劑。

說得白話一點，這是為了提高已添加的界面活性劑的親水性。而這個補充的高親水性界面活性劑稱為「水溶助劑」（Hydrotrope）。

水溶助劑的原義是植物的根為尋求水分出現彎曲的現象（屈水性。獲得水分變得充滿活力的現象）。換言之，只要給予滿是皺紋的皮膚水分，細胞就會因為充滿水而變得神采亦亦。

從事化妝品行業的人都知道，破壞皮膚的防護層是縮短皮膚壽命的行為。但，多數的業界人士都不想讓消費者知道水溶助劑這個用語。

美國的成分百科對此用語下的定義是，「為了提高界面活性劑親水性的界面活性劑」。日本則將它翻譯為「界面活性助劑」。這麼看來確是如此。可是卻隱約有種掩飾真意的意圖。似乎故意不去觸及「水溶助劑是由生物學的原義衍生而出的解釋」。

日本直到二〇〇七年二月，登記的成分已超過八千種。但，提出水溶助劑申請登記的製造商僅一家。成分名為PEG-3 COCAMIDE硫酸TEA，這是種強效洗淨用的界面活性劑。根本不是所謂的助劑。

以界面活性助劑申請登記的成分還真不少。只能說多虧了翻譯的巧思。乳化助劑、洗淨助劑……好像只要加上「助劑」二字，感覺起來就不是那麼危險的成分了。

只要用氨基酸、膠原蛋白、角蛋白就很安全？完全是一派胡言！

這就和吃膠原蛋白胜肽或玻尿酸的人一樣，就連臉上也想抹上夢寐以求的氨基酸。等到明白「一切只是白費」的時候，年紀也已經一大把了。

氨基酸系界面活性劑原來這麼多

我從舊作《自行調查化妝品的毒性判斷百科事典》中將所有的氨基酸系界面活性劑摘錄出來（請參照P191的表）。

在多達七十六種的氨基酸系界面活性劑中，扣除三項當作乳化劑使用及用途尚未明確的種類，剩下的七十三種全都是高親水性的洗淨劑。

潔顏產品（卸妝油、潔顏霜、潔顏液等）之所以被視為化妝品公害的主兇，就是因為其主

氨基酸系界面活性劑

醯基(C12、14)天冬氨酸鈉、醯基(C12、14)天冬氨酸鈉TEA、十一碳烯醯甘氨酸(UNDECYLENOYL GLYCINE)、油醯肌氨酸(OLEOYL SARCOSINE)、辛醯甘氨酸(CAPRYLOYL GLYCINE)、椰油醯基丙氨酸TEA鹽(TEA-COCOYL ALANINATE)、PCA 椰油醯精氨酸乙酯鹽(PCA ETHYL COCOYL ARGINATE)、椰油醯甘氨酸鉀(POTASSIUM COCOYL GLYCINATE)、椰油醯甘氨酸鈉(SODIUM COCOYL GLY CINATE)、椰油醯基甘氨酸TEA鹽(TEA-COCOYL GLYCINATE)、椰油醯基甘氨酸(COCOYL GLYCINATE)、椰油醯谷氨酸二鈉(DISODIUM COCOYL GLUTAMA TE)、椰油醯基甘氨鉀(POTASSIUM COCOYL GLUTAMATE)、椰油醯谷氨酸鈉(SODIUM COCOYL GLUTAMATE)、椰油醯基谷氨酸TEA(TEA-COCOYL GLUTA MATE)、椰油醯小麥氨基酸鈉(SODIUM COCOYL WHEAT AMINO ACIDS)、椰油醯肌氨酸(COCOYL SARCOSINE)、椰油醯肌氨酸鉀(POTASSIUM COCOYL SARCO SINATE)、椰油醯肌氨酸鈉(SODIUM COCOYL SARCOSINATE)、椰油醯基肌氨酸TEA鹽(TEA-COCOYL SARCOSINATE)、椰油醯基甲基 β-丙氨酸(COCOYL MET HYL BETA-ALANINE)、椰油醯基甲基 β-丙氨酸鈉(SODIUM COCOYL METHYL BETA-ALANINE)、MAGNESIUM SODIUM DILAURAMIDOGLUTAMIDE LYSINE、氫化牛脂醯谷氨酸二鈉(DISODIUM HYDROGENATED TALLOW GLUTAMATE)、氫化牛脂醯谷氨酸鈉(SODIUM HYDROGENATED TALLOW GLUTAMATE)、氫化牛脂醯谷氨酸TEA鹽(TEA-HYDROGENATED TALLOW GLUTAMATE)、硬脂醯谷氨酸(STEAROYL GLUTAMIC ACID)、硬脂醯谷氨酸二鈉(DISODIUM STEARO YL GLUTAMATE)、硬脂醯谷氨酸AI鹽(AI-STEAROYL GLUTAMIC)、硬脂醯谷氨酸鉀(POTASSIUM STEAROYL GLUTAMATE)、硬脂醯谷氨酸鈉(SODIUM STEAROYL GLUTAMATE)、硬脂醯亮氨酸＊(STEAROYL LEUCINE)、氫化棕櫚油甘油酯類谷氨酸鈉(HYDROGENATED PALM GLYCERIDES SODIUM GLUTAMATE)、馬油酸谷氨酸TEA鹽、棕櫚醯天冬氨酸二－TEA鹽(DI-TEA-PAL MITOYL ASPARTATE)、棕櫚醯谷氨酸鎂(MAGNESIUM PALMITOYL GLUTAMA TE)、棕櫚醯蠶絲氨基酸類(PALMITOYL SILK AMINO ACIDS)、棕櫚醯脯氨酸(PALMITOYL PROLINE)、棕櫚醯脯氨酸鈉(SODIUM PALMITOYL PROLINE)、C12-14 羥烷基羥乙基 β-丙氨酸

(C12-14 HYDROXYALKYL HYDROXYE THYL BETA-ALANINE)、己基癸醇磷酸酯精氨酸鹽(ARGININE HEXYLDECYL PHOSP HATE)、肉豆蔻醯基谷氨酸(MYRISTOYL GLUTAMIC ACID MYRISTOYL GLU TAMIC ACID)、肉豆蔻醯谷氨酸鉀(POTASSIUM MYRISTOYL GLUTAMATE)、肉豆蔻醯谷氨酸鈉(SODIUM MYRISTOYL GLUTAMATE)、肉豆蔻醯肌氨酸鈉(SODIUM MYRISTOYL SARCOSINATE)、肉豆蔻醯甲基 β-氨基丙酸＊(MYRI STOYL METHYL BETA-ALANINE)、肉豆蔻醯甲基 β-氨基丙酸鈉(SODIUM MY RISTOYL METHYL BETA-ALANINE)、椰油酸精氨酸鹽(ARGININE COCOATE)、賴氨酸椰油酸鹽(LYSINE COCOATE)、月桂醯兩性基二乙酸月桂醯肌氨酸鹽二鈉(DISODIUM LAUROAMPHODIACETATE LAUROYL SARCOSINATE)、月桂醯天冬氨酸鈉(SODIUM LAUROYL ASPARTATE)、月桂醯β-氨基丙酸(LAUROYL BETA-ALANINE)、月桂醯燕麥氨基酸鈉(SODIUM LAUROYL OAT AMINO ACIDS)、月桂醯甘氨酸丙酸鈉(SODIUM LAUROYL GLYCINE PROPIONATE)、月桂醯谷氨酸(LAUROYL GLUTAMIC ACID)、月桂醯谷氨酸二鈉(DISODIUM LAUROYL GLUTA MATE)、月桂醯谷氨酸鉀(POTASSIUM LAUROYL GLUTAMATE)、月桂醯谷氨酸鈉(SODIUM LAUROYL GLUTAMATE)、月桂醯谷氨酸TEA鹽(TEA-LAUROYL GLUTAMATE)、二辛基十二醇聚醚月桂醯谷氨酸(DIOCTYLDODECETH LAU ROYL GLUTAMATE)、二硬脂醇聚醚月桂醯谷氨酸酯＊(DISTEARETH LAUROYL GLUTAMATE)、月桂醯小麥氨基酸鉀(POTASSIUM LAUROYL WHEAT AMINO ACIDS)、月桂醯膠原氨基酸鈉(SODIUM LAUROYL COLLAGEN AMINO ACIDS)、 月桂醯膠原氨基酸鈉 TEA鹽(SODIUM TEA-LAUROYL COLLAGEN AMINO ACIDS)、月桂醯基膠原氨基酸類TEA鹽(TEA-LAUROYL COLLAGEN AMINO ACIDS)、月桂醯肌氨酸(LAUROYL SARCOSINE)、月桂醯肌氨酸鉀(POTASSIUM LAUROYL SARCOSINATE)、月桂醯肌氨酸鈉(SODIUM LAUROYL SARCOSIN ATE)、月桂醯肌氨酸TEA鹽(TEA-LAUROYL SARCOSINATE)、月桂醯羥丁氨酸鉀(THREONINE LAUROYL SARCOSINATE)、月桂醯甲基 β-氨基丙酸(LAUROYL METHYL BETA-ALANINE)、月桂醯甲基 β-氨基丙酸鉀(POTASSIUM LAUROYL METHYL BETA-ALANINE)、月桂醯基甲基氨基丙酸鈉(SODIUM LAUROYL METHYLAMINOPROPIONATE)、月桂醯基甲氨基丙酸TEA鹽(TEA-LAUROYL METHYLAMINOPROPIONATE)

無＊記號的成分皆為高親水性的洗淨劑。

要成分為高親水性的界面活性劑。

一直以來廠商不斷主張氨基酸系界面活性劑很安全，取得了消費者的信任。但其實它是會使皮脂流失的典型高親水性界面活性劑，完全不足以獲得良好的評價。

重複暗示「氨基酸皂很安全」是化妝品廠商慣用的宣傳手法之一。但，重新調查後便發現氨基酸系的界面活性是「破壞皮膚防護功能的危險界面活性劑」。

膠原蛋白．角蛋白的迷思

「膠原蛋白因為是蛋白，所以不會滲入皮膚。因此必須將膠原蛋白低分子化，也就是變成胜肽才能滲透皮膚」。這還真是驚人之語！

讓蛋白滲入皮膚的想法已經夠奇怪了，居然還認為滲透進表皮會產生效果，甚至還說只要讓固態的氨基酸進入皮膚就能與蛋白再合成，這麼可笑的想法竟然還拿來做成廣告宣傳。最怪的是，還有人深信不疑、持續使用呢！

將看似有益於皮膚健康的膠原蛋白或角蛋白添加進化妝品內的趨勢已成了現代化妝品的特徵。說到膠原蛋白會讓人聯想到預防骨骼、關節老化的保健食品，至於美容方面則是真皮的膠原纖維（預防皺紋形成）。雖然已在第二章做過說明，但如此低層次的商業手法在其他業界還真是從未聽聞過。

和膠原蛋白一樣的，還有使人聯想到皮膚表面角質、頭髮的角蛋白。在廠商的宣傳下消費者都認為要保護角蛋白，補充角蛋白就是最好的方法。這又是一種聯想的手法。

雖然水解膠原蛋白和水溶性膠原蛋白的做法相似，但與我們體內的膠原蛋白是完全不同的物質。化妝品使用的膠原蛋白是取自於牛等哺乳類，或雞等鳥類、鮭魚等魚類（＝海洋膠原蛋白）的膠原蛋白。

試想，將魚鱗或魚皮的膠原蛋白以加水分解或加熱的方式變成水溶液，塗抹在皮膚表面怎麼可能會產生效果，況且還是塗在防護牆的角質層表面唷。

盡早讓表皮新陳代謝，使新的組織得以交替才是維持皮膚健康的基本之道。在此，我要大聲地向各位呼籲，「別再把化妝品當成皮膚的營養補充品」。

水解膠原蛋白和水溶性膠原蛋白都只是界面活性劑。它們也可當成乳化劑或防靜電劑使用。我想，加在化妝品裡充其量就是保濕劑的作用。

不過，與其說是保濕劑，還是界面活性劑比較貼切。水解絲蛋白也是如此，只是種界面活性劑。水解角蛋白也是。由於它們可當作皮膜劑或光澤劑使用，故目錄上記載的使用目的應該也是如此。但，請記住它們也是界面活性劑。

第五章重點整理

1. 不可從界面活性劑的原料判斷其安全性。
2. 使皮脂及角質層脂質流失就是界面活性劑的毒性所致。
3. 界面活性劑會依其濃度、併用種類、親水力等產生不同的危險性。
4. 香皂這種界面活性劑之所以安全是因為，它在皮膚上很快就會失去其效力。
5. 水溶性合成聚合物是一種懸濁劑型的新界面活性劑。
6. 不使用化妝品才是真正的肌膚。未使用化妝品過了一週以上，鏡子裡出現的就是你真正的肌膚。

第六章

藥用化妝品的疑義

日本有種名為「藥用化妝品」的化妝品。它與一般的化妝品不同，可以自由使用除斑、除皺、消除粉刺等與美容有關的病症名稱，或是幫助生髮等具吸引力的詞彙。

此外，因為冠上了「醫藥」二字使消費者產生好印象，銷售上自然處於絕佳的優勢。多數人都認為化妝品與藥用化妝品的成分不同，但藥用化妝品就是藥妝品。它和化妝品一樣不可使用醫藥品及指定毒物。故兩者的成分相同。

藥用化妝品中雖然包括含維生素的保健劑與殺蟲劑等，但本書只針對當中的藥用化妝品做說明。

讓藥用化妝品與化妝品產生差異的主導者是政府機關，這很明顯地是牽涉到利益問題。暗地裡成立特殊法人並悄悄發令「不得對外宣揚」，難怪藥用化妝品能夠「理所當然」地存在著。

藥用化妝品造成的社會問題

消費者看到「醫藥品」三個字就會產生信賴感。那麼，加上了「部外」後的「醫藥部外品」（藥用化妝品）又是什麼東西呢……。這名稱在美國、歐盟都看不到，就連鄰近的韓國、台灣、中國等國家也沒有，僅存在於日本。

藥用化妝品（藥妝品）和化妝品的內容究竟有多少差異。其實藥用化妝品只是徒有其名，它並不能使用醫藥品的成分，但可添加極少部分的高毒性成分。

因此相較於化妝品，藥用化妝品的危險性更高。

二〇〇一年起依日本藥事法規定，化妝品必須採全成分標示制。但，藥用化妝品的全成分標示卻是根據業界的自主基準從二〇〇六年才開始實施。為什麼會出現這樣的落差呢？

藥用化妝品的存在是「業界的要求」

藥用化妝品制度總給人一種不夠透明化的詭譎感，處處充滿了疑點。剛好我正打算從多方面的角度去探討現代化妝品的問題，於是重新調查了藥用化妝品。由於我本身沒有任何國際法律的知識，所以委託了國外的人幫忙，匯整出大綱後與各位分享。

透過此次的調查，讓我對於國外的化妝品定位及判定方式有了寶貴的學習。除了驚訝國外與日本有著極大的差異，也對日本的藥用化妝品感到不可思議。

因此，我衷心希望讓各位看清楚以藥用化妝品粉飾門面的藥妝品，隱藏在其背後的實際狀態。

在二〇〇〇年一月號的*FRAGRANCE JOURNAL*這本雜誌中，某位人稱日本皮膚科學界的大人物對藥用化妝品發表了批判性的感想：

「化妝品製造商似乎都強烈要求，讓藥用化妝品這類部外品的制度繼續存在下去」。廠商會提出強烈要求應該是，希望日本政府不要因為國際化的因素廢止藥用化妝品的制度。否則何必「強烈」要求呢。姑且不論其他業界的企業會不會為了國民的健康向政府機關請願，至少化妝品業界是不可能發生這樣的事。請願的目的只是為了確保自身的利益罷了。

厚生省也從藥用化妝品獲得巨大的利益。政府單位與廠商為了巨額利潤相互包庇掩飾，讓藥用化妝品得以存在，這也難怪會被懷疑兩者間有著合謀關係。

一九九〇年代末期，化妝品業界宣稱自二〇〇一年度起化妝品將實施全成分標示制。

據當時出席了說明會的人士表示，會後曾聽到有人議論紛紛地說「為什麼藥用化妝品不在這個制度內」。雖然消費者不知情，但只要是化妝品業界的人都知道即使設備或手續等實際業務有所差異，藥用化妝品與普通化妝品的成分並沒有多大的差異。

而且，因為藥用化妝品可使用化妝品禁用的十八種（後述）毒性成分，因此藥用化妝品的成分還比較危險。此外，成分上同樣都享有企業保密權（制度上，化妝品與藥用化妝品若使用的是企業自行開發的機密成分便可免除標示）。既然如此，為何獨厚可使用毒物的藥用化妝品免採全成分標示呢。

美白化妝品是規避責任的管道？

據聞曾有厚生省的官員聽說某化妝品公司為了全成分標示制度感到很困難，於是向該公司建議「這問題很簡單嘛，只要加入美白劑和保濕劑讓它變成藥用化妝品就好啦」。

雖然不清楚這位官員是以怎樣的意圖說出那樣的話，但我想與其說那是個人的意見，也許根本就是反映了政府單位的意向。應該錯不了！反正只要變成藥用化妝品就不必做全成分標示了。表面上先修改法令，暗中卻指示廠商鑽法律漏洞，真是令人不齒的做法。

為了方便製造商，在全成分標示制度實施後，還給予一年半的緩衝期。原本的用意是要讓廠商利用這段期間，處理掉未做成分標示的庫存商品（出清存貨），但廠商卻趁這段期間做了更能產生效益的事。

法令實施後，等緩衝期結束後過了一段時間，我委託某位女性隨便找個販售化妝品的地方，調查看看化妝品與藥用化妝品的比例大概是多少。結果，做完調查的那位女性一臉困惑地告訴我：

「化妝品消失了！」

「消失了？沒有那麼誇張吧！」我回道。對方隨即反駁：「真的消失了。光要找個化妝品我就花了好大一番工夫。」從美容液到乳霜，所有的化妝品都消失了，全被藥用化妝品取代。

記得當時剛從國外回到日本的人還很驚訝地告訴我，「想不到日本現在這麼流行美白啊。」可見美白化妝品激增的速度有多驚人。

這實在太不尋常了。難道是政府單位先「恩准」藥用化妝品享有緩衝期，然後再指導廠商將化妝品全部做成美白化妝品（＝藥用化妝品）藉以逃避全成分標示的責任。還是政府獨厚了藥用化妝品，使化妝品廠商陷入困境……。不知道各位是怎麼想的呢？

與化妝品有所區隔的「藥用化妝品之安全性」

二十世紀末起，日本政府大力推動制度的放鬆。因此，出現宛如霉菌般不計其數的化妝品公司。沒有成分的限制、可以賺錢又不需要特殊技術（不需要專業知識），造成了這股社會的亂象。

資金管制也放鬆了，與化妝品有關的藥事法也不再那麼嚴格，使得化妝品公司輕而易舉就能成立，品質變得越來越差。這也難怪，因為不需要做安全測試，只要不使用指定的三十種化學物質、BSE（狂牛症）相關的兩項成分，及醫藥品與毒性物質就能進行生產製造。

直到二〇〇〇年，廠商若想使用新的成分，無論是化妝品或藥用化妝品都必須進行急性毒性、慢性毒性、皮膚刺激性和光毒性等同等級的安全性測試，通過後才能獲得厚生省的製造許可。

因此在二十世紀，化妝品和藥用化妝品的內容並無實質差異。雖然後文針對差異處有詳細的說明，但兩者最大的差異只在廣告宣傳做得夠不夠大而已。

一般而言，藥用化妝品與化妝品都是使用既有的成分進行製造，會使用自行開發的新成分來製作產品的廠商少之又少。也因為使用的幾乎是原料廠商開發的成分，故提供安全性測試的資料自然落在原料廠商身上。

但，進入二十一世紀後，因為廢止了化妝品的安全測試義務，藥用化妝品開始變得比化妝品更吃香。也就是說，「化妝品使用的不明成分讓人擔心。而藥用化妝品的新成分必須通過安全性測試才能使用，所以值得信任」，使得藥用化妝品得以繼續存在下去。

國外的化妝品輸入到日本後？

藥用化妝品的確令人感到複雜。我個人的看法是，廠商濫用化妝品的全成分標示制度使化妝品的品質惡化，同時哄抬了藥用化妝品（藥妝品）的價值，確保藥用化妝品的存在。

或許我的想法有些偏激，但隨著化妝品

安全性確認測試

藥妝品	化妝品（自二十一世紀起廢止）
急性毒性 局部刺激、亞急性毒性、慢性毒性 皮膚刺激、黏膜刺激 感作性 光感作性 基因突變性 癌原性 生殖發育毒性 吸收・分佈・新陳代謝・排泄	急性毒性 皮膚單次刺激性 感作性 光感作性 光毒性 眼刺激性 基因突變性 人體貼布試驗（檢查皮膚過敏反應）

由於申請上只需要「書面資料」，故已做過測試的成分便不再重複測試。各成分的安全性測試已由原料製造商完成，因此化妝品和藥妝品幾乎不需要做任何檢驗就能通過申請。

法律的國際化，日本的業者因為擔心藥用化妝品的制度會被廢止，接受了政府機關的安排，一方面使藥用化妝品背離國際化繼續存在，另一方面又犧牲了國民的健康通過化妝品的全成分標示制度。厚生省要採取的態度應該是「國外歸國外。日本是日本。即使導入化妝品全成分標示制度，有毒的物質就是不能使用」。

那麼，若國外的美白化妝品、生髮劑等相當於日本藥用化妝品的化妝品輸入日本時，情況會變得怎麼樣呢？於是我打了通電話請教厚生省的人員。

由於國外沒有像日本藥用化妝品這樣的制度，輸入的化妝品如果想以藥用化妝品的名稱在日本販售，手續上會遇到怎麼樣的問題。

我：「請問需要準備哪些書面資料或設備呢？為了進行安全性確認，每輸入一項產品，厚生勞動省的負責人員就得到國外去嗎？」

對方：「那倒是不必。只要備妥必要資料並提出就可以了。」

我：「只憑書面資料不會有點太草率了嗎？」

對方「您說的是。」

我：「這樣不就無法確保化妝品的安全性了？」

對方：「沒辦法、目前也只能先這樣了。」

多虧了這些了不起的公務員，日本才會出現比較能放心的藥用化妝品和完全搞不清楚究竟安不安全的藥用化妝品。

終於起步的全成分標示遇上難纏的自主基準！

美白化妝品、抗痘用化妝水、生髮劑等藥用化妝品和一般的化妝品幾乎相同。因為在二〇〇一年三月前兩者使用的成分大致上都相同。

既然藥用化妝品有厚生省「值得信任、具有藥效」掛保證，為了強調未使用有害皮膚的成分，更該率先採用全成分標示制度才是。

但，藥用化妝品卻仗著廠商的自主基準、成分名稱與化妝品不同（為什麼不統一使用相同名稱？）硬是比化妝品晚了五年才開始實施。使消費者在不知情的狀況下被強迫使用那樣的產品。

化妝品是硬性規定、藥用化妝品卻採自主基準（自主規範）

製造藥用化妝品的廠商也有加入日本化妝品工會，故化妝品與藥用化妝品的廠商皆為同一工會的會員。

那麼，為什麼只有藥用化妝品能推掉全成分標示的義務。我認為理由很簡單，因為化妝品業界向厚生省反應「既然化妝品已採用全成分標示，藥用化妝品就讓我們自主規範」。厚生省修改了藥事法，規定化妝品自二〇〇一年起實施全成分標示制度，但藥用化妝品卻不在此制度內。

不知道是協商時就已經談定，還是擔心引起輿論的反彈，藥用化妝品在晚了五年後的二〇〇六年也開始採行全成分標示制度。

但，這與化妝品的標示制度還是有明顯的差異。藥用化妝品的全成分標示是根據業界的自主基準，沒有法律上的限制。有了化妝品工會這個靠山，又是採自行決定的基準，關於標示的規定自然與化妝品不同，這也太不公平了吧。關於這件事後文將會再做說明。

日本化妝品工會從二〇〇六年四月一日開始實施藥用化妝品的成分標示，緩衝期定為二年。順帶一提，化妝品改為全成分標示的緩衝期是十八個月（一年半）。

多了半年的緩衝時間……這實在令人起疑。反正不是政府單位決定的基準，所以可以慢慢修正。但我只覺得「多出那半年的時間，是為了方便廠商更改內容罷了」。

變更了標示名稱及標示順序

根據藥用化妝品（藥妝品）的全成分標示規則，即使使用的是與化妝品相同的成分，但標示名稱卻可改用複雜的科學名稱，或是其他名稱代替。

例如，化妝品成分中有個名為「葡聚糖羥丙基三甲基氯化銨（DEXTRAN HYDROXYPROPYLTRIMONIUM CHLORIDE）」的陽離子界面活性劑，在藥用化妝品卻反將名稱複雜化為「DEXTRAN HYDROXYPROPYL TRIMETHYL AMMONI UM CHLORIDE ETHER」。

如果想自行調查標示成分，翻開化妝品成分百科卻查不到藥用化妝品標示的成分。因為化妝品成分百科與藥用化妝品（藥用化妝品）成分百科登記的成分名並不相同，所以必須另外查詢藥用化妝品成分百科才查得到資料。

總之，不管是化妝品還是藥用化妝品的成分，對消費者而言都已變得越來越難理解了。

當初業界對於藥用化妝品的「標示名稱」感到困擾時，曾有傳言指出，意見分成了「要和化妝品一樣」與「要和化妝品不一樣」兩派。前者主張良知，後者則想強調藥用化妝品與化妝品不同。以常理思考，為了方便消費者理解應該採用與化妝品相同的成分名標示，但廠商卻為

化妝品的全成分標示規則(要點)

■原則上，所有使用到的成分都必須標示。
■將所有成分標示在產品容器上（或是外包裝盒或內附的說明）。
■依使用比例多寡進行標示排序（多→少）。
■未滿1%的成分及著色劑可不分先後標示。
■若使用原料已是混合成分，必須將成分的構成各別標示。
■系列產品的著色劑可採統一標示（無論該色產品是否使用該成分，在「＋ －」後標示所有該系列產品使用到的著色劑）。
■標示名稱統一使用日本化妝品工會登記的「成分標示名稱」。

藥用化妝品的全成分標示規則(要點)

■原則上，所有使用到的成分都必須標示。
■將所有成分標示在產品容器上（或是外包裝盒或內附的說明）。
■標示上區分為「有效成分」與「其他成分」。標示時，可分成二群組標示或在成分名標注※符號另做說明。
■「有效成分」的標示順序根據認可書的記載，「其他成分」則由企業自行判斷。
■若「有效成分」與「其他成分」使用到同一成分（因使用目的不同）還是必須各別標示。
■非標示指定成分的成分，如當做pH調整劑、黏度調整劑使用的目的，可不需標出成分名，直接標示為「pH調整劑」、「黏度調整劑」即可。
■若使用原料已是混合成分，必須將成分的構成各別標示。
■系列產品的著色劑可採統一標示（無論該色產品是否使用該成分，在「＋ －」後標示所有該系列產品使用到的著色劑）。
■若使用的是登記在日本化妝品工會「醫藥部外品的成分標示名稱表」上之成分，標示時可用「別名」、「簡略名」代替。

藥用化妝品即使未遵照上記規定也不會受到法律上的處罰。

了保住藥用化妝品的存在，硬是選擇了後者的方式企圖突顯與化妝品的差異，徹底忽視消費者。這種心態真要不得。

此外，相較於化妝品是把添加比例較高的成分擺在前面標示，藥用化妝品則採不分先後順序的標示法，讓消費者無法得知產品內究竟用了多少自己不想使用的成品。更可惡的是，有些廠商還會故意不標示出消費者排斥的成分。

因此，就算消費者想選擇含有較少對皮膚有害的成分之商品，從標示上還是無從得知。雖然用的是和化妝品相同的成分，廠商卻昧著良心改變成分名稱並標記在「功效成分」內。這很明顯是種詐欺的行為。

藥用化妝品的特權

前文中透過全成分標示制的角度比較了化妝品與藥用化妝品的差異，接下來要根據藥事法的制定來比較兩者的差異。

日本藥事法規定，化妝品與藥用化妝品對皮膚的作用必須是「緩慢的程度」。兩者對於斑點、雀斑、汗疹等病症都只能以「預防」為目的，而非治療。

且兩者都不得使用醫藥品的成分及有毒物質（但藥用化妝品可用當中的十八種）。話雖如

化妝品的效用表現

清潔頭皮・毛髮	利用香味抑制毛髮・頭皮的不適異味
利用香味抑制毛髮・頭皮的不適異味	保持頭皮・毛髮的健康
保持頭皮・毛髮的健康	增加毛髮的彈力、韌度
增加毛髮的彈力、韌度	給予頭皮・毛髮滋潤
給予頭皮・毛髮滋潤	保持頭皮・毛髮的潤澤
保持頭皮・毛髮的潤澤	使毛髮保持柔順
使毛髮保持柔順	使毛髮變得好梳理
使毛髮變得好梳理	保持毛髮的光澤感
保持毛髮的光澤感	使毛髮產生光澤感
使毛髮產生光澤感	去除頭皮屑・搔養感
去除頭皮屑・搔養感	抑制頭皮屑・搔養感
抑制頭皮屑・搔養感	補充、保持毛髮的水分・油分
補充、保持毛髮的水分・油分	預防頭髮斷裂・分叉
預防頭髮斷裂・分叉	調整、保持髮型
調整、保持髮型	防止毛髮產生靜電
防止毛髮產生靜電	（去除污垢）清潔皮膚
（去除污垢）清潔皮膚	（透過洗淨作用）預防粉刺・汗疹（潔顏產品）
（透過洗淨作用）預防粉刺・汗疹（潔顏產品）	調理肌膚
調理肌膚	緊緻毛孔
緊緻毛孔	保持皮膚的健康
保持皮膚的健康	防止肌膚乾燥
緊緻肌膚	防止肌膚乾燥
使皮膚變得滋潤	
補充、保持皮膚的水分・油分	緊緻肌膚
保持皮膚的柔軟性	使皮膚變得滋潤
保護皮膚	補充、保持皮膚的水分・油分
預防皮膚乾燥	
軟化皮膚	保持皮膚的柔軟性
潔淨頭皮・毛髮	

藥用化妝品的效用表現

洗髮精	防止頭皮屑・搔養感
	預防毛髮・頭皮的汗臭
	清潔毛髮・頭皮
	保持毛髮・頭皮的健康
	使毛髮保持柔順　兩者擇一
潤絲	防止頭皮屑・搔養感
	預防毛髮・頭皮的汗臭
	補充、保持毛髮的水分・油脂
	預防頭髮斷裂・分叉
	保持毛髮・頭皮的健康
	使毛髮保持柔順　兩者擇一
化妝水	肌膚乾燥、乾性肌膚
	預防汗疹・凍瘡・割傷・乾裂・粉刺
	油性肌膚
	防止刮鬍後的過敏起疹
	防止曬傷後產生斑點、雀斑※
	曬傷、凍傷後的紅疹
	緊緻肌膚
	清潔肌膚
	調整肌膚
	保持皮膚的健康
	使皮膚變得滋潤
乳霜 乳液 護手霜 化妝油	肌膚乾燥、乾性肌膚
	預防汗疹・凍瘡・割傷・乾裂・粉刺
	油性肌膚
	防止刮鬍後的過敏起疹
	防止曬傷後產生斑點、雀斑※
	曬傷、凍傷後的紅疹
	緊緻肌膚
	清潔肌膚
	調整肌膚
	保持皮膚的健康
	使皮膚變得滋潤
	保護皮膚
	預防皮膚乾燥
刮鬍膏	刮鬍後的過敏起疹
	保護皮膚、使刮鬍變得更順手

防曬產品	防止曬傷・凍傷後肌膚變得乾燥
	預防曬傷・凍傷
	防止曬傷後產生斑點、雀斑※
	保護皮膚
面膜	肌膚乾燥、乾性肌膚
	預防粉刺生成
	油性肌膚
	防止曬傷後產生斑點、雀斑※
	曬傷、凍傷後的紅疹
	使肌膚變得光滑
	潔淨皮膚
藥用皂（含潔顏成分）	<殺菌劑主劑> 皮膚的洗淨・殺菌・消毒
	<消炎劑主劑> 皮膚的洗淨 預防粉刺・刮鬍後的過敏起疹・肌膚乾燥

※ 因作用機制「抑制黑色素細胞的生成、防止黑斑・雀斑形成」也受到認可。

此，有些被指定為劇毒物質的成分還是會被拿來製成化妝品。在我的舊作《傻瓜用的化妝品》就提到過有廠商使用醋酸鉛製成染髮劑（後來，日本國民生活中心也有提出警告）。該成分毒性之強，恐怕不輸給藥用化妝品使用的成分。

不過，化妝品和藥用化妝品在銷售量上還是產生了不小的差距。產品包裝上的文字表現可視為原因之一。

化妝品只能在潔顏品上標注「預防粉刺」，但藥用化妝品卻可像右表所示般在化妝水、乳霜、乳液等產品放上相同字樣，還可販售粉刺專用的藥用化妝品。此外，藥用化妝品（生髮劑）常用的「防止掉髮」，在化妝品就只能寫成「保護頭髮的健康」。

而且化妝品也不能出現美白、生髮或改善腋臭、潰爛、過敏起疹的字句。

就連詞句表現也有限制，如藥用化妝品可宣傳植物精華萃取物的醫學效用，但化妝品通通只能用保濕劑、潤膚劑等字眼

成分說明的比較例

成分名	化妝品	藥用化妝品（認可為有效成分）
塩酸吡哆辛（Pyridoxine HCl）	潤膚劑	皮膚機能正常化（維生素B6）
甘草酸鉀	潤膚劑	消炎作用
康復力精華	護髮劑	生髮作用
生育酚	（產品的）氧化防止劑	促進血液循環（維生素E）

僅藥用化妝品可使用的毒性成分

負面表列內的禁用成分（扣除與BSE〔狂牛症〕相關的兩項後），醫藥部外品可使用的成分為下列十八種。

1	6－Acetoxy－2,4-Dimethyl－m－Oxane
2	Aminoether型的抗維生素劑（Diphenhydramine等）以外的抗維生素
3	雌二醇、雌素酮或女性荷爾蒙以外的荷爾蒙及其誘導體
4	氯亞甲基
5	鉍化物（Bismuth Oxychloride）以外的鉍化合物
6	過氧化氫（俗稱雙氧水）
7	過硼酸鈉
8	醋酸孕烯醇酮
9	二氯酚
10	對苯二酚卞基醚（Hydroquinone monobenzyl ether）
11	毛果芸香
12	連苯三酚
13	氟素化合物中的無機化合物
14	黃體脂醇
15	普魯卡因等局部麻醉劑
16	六氯酚
17	硼酸
18	甲醇

表現說明。

請參照上表。藥用化妝品可將pyridoxine HCl改為維生素B6。

表中藥用化妝品可把生育酚寫成維生素E藉以暗示功效，但化妝品就只能寫生育酚，說明它是氧化防止劑。而且，還不是防止皮膚的氧化，而是防止化妝品的氧化。

明明使用的是相同成分，只有化妝品在名稱及成分說明上設下嚴格的限制，藥用化妝品因為有政府單位的保障做靠山，得以自由行動。這種制度別的國家都找不到，只有日本才有。

厚生省將相同內容的商品區分為二，訂出藥用化妝品這個名稱，使消費者聯想到藥品，進而提升了銷售額。這種行為不叫利益掛勾還能叫什麼。

運用詭計使相同成分變得具有效能

藥用化妝品雖無法使用「可使毛髮生長」的標示，但名稱上卻可使用「生髮劑」並在旁標注「藥用化妝品」或「藥妝品」，讓消費者將生髮劑和藥品聯想在一起。生髮劑這個用語使消費者心中產生長出頭髮的期待，而且還加上了「醫藥」二字，簡直就像得到了國家認證。

「生髮劑、藥用化妝品」這看似很有權威的名稱，自然輕鬆贏過了只能標示「整髮劑」、「護髮素」的化妝品。但如果消費者知道其實兩者的成分幾乎相同，肯定都會大吃一驚吧。

生髮劑在過去只不過是普通的化妝品……

我手邊有份關於資生堂藥用生髮劑「SPASH」（藥用化妝品）的主要成分，即功效成分的資料。功效成分共有三種。

當初這份資料發表時尚無任何廠商做出全成分的標示（因制度上沒有必要）。

雖然資料裡只有功效成分沒有其他成分，但不影響我接下來的說明。

以下是我針對功效成分所做的解說。

A　藥用化妝品（生髮劑・SPASH）

尼古丁酸甲苯基……**促進血液循環劑**、維生素B複合體之一。

泛酸誘導體……**預防掉髮**、抗白髮劑、維生素B複合體之一。

維生素E誘導體……末梢血管的**促進血液循環劑**、補充毛母細胞的營養。

粗體字的部分就是藥用化妝品要對消費者強調的內容。

那麼，若將這三個成分當成主要成分做成化妝品會變成怎麼樣呢。因為不能使用生髮這兩個字，只好暫時取其功效成分的字母開頭命名為「髮妝水NPT」。在化妝品的情況下會如何說明各成分呢？

B 化妝品（髮妝水NPT）

尼古丁酸甲苯基……潤膚劑。

泛酸誘導體……護髮劑或保濕劑。

生育酚誘導體……氧化防止劑。

請比較一下A和B。很清楚地就能看出厚生省有多麼厚愛藥用化妝品。在化妝品的情況下就連要說明尼古丁酸甲苯基是維生素之一都是違法的行為。

維生素E也是如此（故名稱取為NPT而非NPV）。

假如B的各成分說明可以加上維生素或維生素類，還比較容易理解，至少能讓消費者稍微了解這個髮妝水有什麼用途。如果只是原本的說明只會讓消費者認為是防止頭髮乾燥的髮用化

汗腺的組織

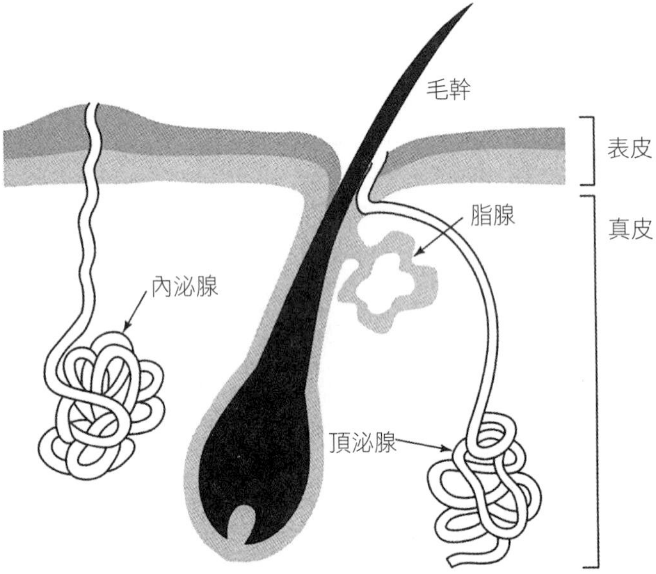

妝水罷了。

還有一種生髮劑添加了名為「RiUP」的降血壓劑（此商品是醫藥品）。先用洗髮精破壞了頭皮的防護層，使名為Minoxidil的醫藥品得以滲透頭皮。因為Minoxidil是用來當做降壓劑的醫藥品，故具有若干危險。

藥用化妝品不能使用醫藥品成分。也就是說，即便名稱是生髮劑，和化妝品也是相同等級。資生堂的SPASH就是其一。說穿了它只是維生素的水溶液。

生髮劑的廣告真的很有趣。「腺甘酸（adenosine）可促進毛髮生長」（這也是出自資生堂）。毫不保留地告訴對手自己用的是哪種功效成分。反正就算說出來也是無關痛養的成分所以沒關係。順帶一提，腺甘酸是一種核酸關聯物質。

在美國，這類號稱生髮劑的產品都無法上市販售。在歐洲的美容大國法國，這類的產品頂多算是化妝品。至於日本的鄰近各國則是以功能性化妝品表示。

唯獨日本才有的藥用化妝品生髮劑，卻非世界通用的產品。功能性化妝品是指，具有生髮、美白等特定目的，標示上會出現其功效成分的化妝品。目前世界的趨勢比較傾向於功能性化妝品。

止汗劑和生髮劑一樣都是化妝品

緊接著來看看止汗劑吧。止汗劑雖不是藥用化妝品，也是藥用化妝品的一種。不過，一般的消費者說不定都把它當成藥用化妝品。因此我才會特別把它提出來說明。

狗或綿羊之類的動物，全身覆蓋著毛。分佈在毛的汗腺稱為頂泌腺。頂泌腺分泌出來的汗包含醣蛋白與脂質，隨著時間會產生異臭，所以哺乳類都有強烈的體臭。原是用來吸引異性的氣味，現在卻成了惱人的異味。

稍微偏離一下話題。二〇〇六年ＮＨＫ的某節目曾以粉刺為主題進行說明。皮膚的毛孔內

相同配方卻有不同說明（以止汗劑為例）

藥用化妝品（基本的處方劑）		化妝品（實例）	
水	溶劑	水	溶劑
明礬	收斂劑	硫酸（Al/K）	收斂劑
尿囊素	消炎劑	尿囊素	皮膚保護劑
苯氧乙醇	殺菌劑	苯氧乙醇	防腐劑

＊明礬＝硫酸（Al／K）

皮脂腺與汗腺重疊存在，稱為「皮脂汗腺」。

但，毛孔內的汗腺是頂泌腺，粉刺並非在此處形成，而是在名為內泌腺的汗腺生成，即皮脂大量分泌的部分，也就是臉部。頂泌腺分佈於腋下及陰部，基本上這些地方不太容易長出粉刺。

人類除了頭部、腋下等處幾乎所有的毛都已退化，進化為內泌腺。（因為只會分泌水分所以退化了？）內泌腺只負責調節體溫所以不會產生異味。或許是利益優先的作用，使我們的身體進化成這樣的狀態。

因此，所謂的止汗劑就是，凝固有頂泌腺分佈的皮膚使其難以出汗，再配合殺菌劑讓汗中包含的糖蛋白與脂質不會腐敗變味。最後再添加潤滑劑製造乾爽的觸感。

明明是相同目的的藥用化妝品與化妝品，內容相同名稱卻出現差異。

藥用化妝品上稱為止汗劑（ANTI PERSPIRANT）。目的就是防止異味產生。

另一方面，化妝品則稱為腋下用化妝水，但基本上就是相同的東西。不過，雖然化妝品在名稱上不能使用除臭劑（止汗劑）的字眼，但在成分說明上卻可以使用。抑制排汗、殺菌並添加消炎劑讓消費者不會因為添加的藥品產生過敏反應，而且也加了使皮膚產生光滑感的潤滑劑，及乾爽感的植物精華萃取物。和藥用化妝品的制汗劑簡直一模一樣。

我在網路上找到某藥用化妝品的成分標示。於是拿來和化妝品的成分做比較（請參照P220的表）。

無論是哪家化妝品公司的技術人員，只要說到除臭劑馬上就會想到水和硫酸（Al/K）這兩種成分。明礬是化妝品業界認可的藥用化妝品標示，相當於化妝品成分標示中的硫酸。

雖然消炎劑並非只能用尿囊素，但這也是候補之一。另外苯氧乙醇也是如此。

總之，藥用化妝品與化妝品可說是相同等級的商品。使用相同成分的兩者卻將名稱及成分說明區隔化，僅前者加上「藥」字，真是個奇怪的制度。

美白化妝品的疑惑

接下來順便來看看兩種美白化妝品的實例吧。

美白化妝品的成分標示比較例

用途	藥用化妝品（CHIFURE　美白乳液）	化妝品（DHC　αA White Milk）
溶劑	水	水
保濕劑	BG	BG
保濕劑	甘油	甘油
氨基酸	CERIN	CERIN
油劑	六種	四種
界面活性劑	鯨蠟硬脂基葡糖苷（Cetearyl Glucoside）等六種	鯨蠟硬脂基葡糖苷等四種
聚合物	聚合物（合成）一種	聚合物（合成、天然）各一種
美白劑	維生素C醣苷（Ascorbyl Glucoside）	Alpha熊果素（Alpha-Arbutin）
植物精華萃取物	三種	三種
添加劑	鹼劑、酸劑、緩衝劑、氧化防止劑、消炎劑、防腐劑	保濕劑、不透明化劑、酸劑、消炎、防腐劑、其他

※為比較各成分，標示順序上做了些許調整。

請參照上表。這是購自於二〇〇六年八月左右，明顯帶著美白暗示的化妝品與藥用化妝品的美白化妝品之成分一覽表。

表右的化妝品其實就是一般的美白乳液。請試著比較看看兩者。我想，各位應該不難看出兩者是相同的化妝品。

由於化妝品不能寫出「美白」二字，故品名上用英文的「White」做暗示，但這明顯就是美白乳液。若表右的化妝品添加了美白劑的維生素C醣苷（維生素C誘導體），兩者幾乎無法區分出差別。

漂白劑分為氧化劑（促進某物

氧化）與還原劑（藉由某物氧化），用於皮膚的漂白劑是還原劑。還原劑是指，氧化防止劑或美白劑。順便說個題外話，世界聞名的歌手麥克傑克森據說就是使用苯二酚（後述）漂白了皮膚。

藥用化妝品的成分變更大致上需花費近一年的時間。像是發現成分中有不利皮膚的成分時，為了找出其他成分來替代至少要花上一年左右的時間。

但，若是化妝品的話，一發現有害成分就能立刻去除、換成其他成分。這麼看來化妝品也有其優勢存在。

與其說美白化妝品這種藥用化妝品（藥妝品）和企圖使膚色變白的化妝品是相同等級的產品，倒不如說兩者就是相同的化妝品更為貼切。

藥用化妝品（藥妝品）的危險性

擁有白皙的膚色是多數女性的夢想。這種夢想彷彿是有色人種的特權，二十一世紀的日本完全進入美白時代。於是，眾多廠商紛紛競相推出有美白效果的產品。

甚至有廠商推出能快速漂白臉部的苯二酚美白化妝品。

苯二酚是存在於草莓或紅茶的植物毒。濃度越薄越安全。但在化妝品業者的競爭下使用的濃度反而變得越來越深。一般認為濃度在四～五％以上就會有導致尋常性白斑的危險，且苯二酚又是容易引起發炎的刺激物質。

日本負面表列規定的用量為二％，但依各人皮膚防護層的強度或皮膚組織的強度而有所差異，這樣的濃度並非百分之百的安全。為了稍微增加用量，合成界面活性劑的用量也必須增加。

我認為「美白」二字會讓消費者產生這就是皮膚變美的誤解，應該禁止使用。大力鼓吹美白的歪理，其實不過就是皮膚的脫色、漂白而已。若換成像漂白頭髮那樣的說法，相信各位女性也比較容易發現號稱美白的產品對皮膚並非無害。

順帶一提，美白劑之一的麴酸在實驗用小白鼠身上會有毒性反應，但一般的老鼠卻不會有。因此不禁令人懷疑或許隱藏了另一種結果剛好相反的毒性，只是目前尚未查明。藥事・食品衛生審議會曾指出在食品中添加麴酸並非自然的狀態。

同時，IARC（International Agency for Research on Cancer，國際癌症研究機關）也提出經試管測試驗出麴酸會造成基因突變與染色體異常誘發性。厚生省曾經禁止化妝品使用此成分，但近幾年又提出在「適當使用方法下」可使用於藥用化妝品。

即使許多人都認為那很安全，但請各位切記，藥用化妝品本身就是比化妝品來得危險。

理智的國外與不理智的日本

我常聽到日本的藥用化妝品（藥妝品）在歐美國家不被認可之類的話。數年前在境野米子女士寄給我的信中曾提到「今後應該是功能性化妝品的時代」，這使我有了很深的感觸。一方面心想，若情況真的如她所言，日本就能步入國際化，讓人感到安心。

對消費者毫無益處的藥用化妝品

前文中將美白化妝品、生髮劑、止汗劑這三種產品的主要成分透過化妝品與藥用化妝品做了比較。結果證實兩者都是相同等級的產品。

我曾聽過日本化妝品業者的人說「藥用化妝品是介於醫藥品和化妝品中間的產品」，既然如此請告訴我「中間」的定義為何。前述的那三種產品不都是藥用化妝品的主商品嗎。

對消費者而言，藥用化妝品究竟能帶來什麼好處。使用的成分和化妝品相同，價格卻貴上許多。請各位仔細想想。藥用化妝品標示的只有指定成分。若把情況想得糟一點，那些未標示的成分或許廠商都是用些便宜貨或基劑等藉以降低成本。

或許有些人會想「反正現在已經採行全成分標示制，廠商也沒辦法隨意做些奇怪的產品」。但請各位記住，藥用化妝品不必像化妝品一樣以濃度的多寡當成標示排序。

如果是化妝品，從標示順序多少能看出產品內使用了多少不適合我們皮膚的成分，藥用化妝品卻沒辦法做到這點。就連是否有強烈毒性的成分也無從得知。

目前世界的趨勢似乎是傾向將標示效果的化妝品（可期待產生效果，但實際情形就不得而知了）稱為「功能性化妝品」。相較於可調整皮膚環境、維持健康的皮膚、使妝容變得更美麗的一般化妝品，使用可發揮明確功能的成分，生髮就標示生髮，美白就標示美白，防曬就標示防紫外線的功能性化妝品也許將成為今後的趨勢。

藥用化妝品是僅通用於日本的制度，它不但是比化妝品還危險的產品，加上刻意不標示出刺激性成分（化妝品也有指定成分的制度），像這樣隱瞞所有使用成分的藥用化妝品，對消費者來說百害而無一利。

美國與歐盟的情況

在美國，有標示ＳＰＦ（紫外線防禦率）的防曬化妝品全都是醫藥品。相當於無醫師許可也能購買的成藥，稱為ＯＴＣ藥品（非處方藥物；Over The Counter Drug）。

雖然購買時不必取得醫師的處方，但等級上已算是醫藥品。因此製造上限制嚴格，即使日本的防曬化妝品出口到美國都還不一定會過關。

歐盟國家也找不到日本醫藥部外品這樣的化妝品。他們認為皺紋不是疾病，因此除皺應該靠化妝品，防紫外線則要靠粉底。也就是說，防曬是化妝品的作用。禿頭也不是病，換言之，預防掉髮及生髮劑皆屬化妝品的範圍。

另外還有，斑點不是病、想要皮膚白皙透亮全都不是靠藥品，而是靠化妝品。他們的觀念真的相當正確。這和我們柿葉會（美容研習會）主張的「美容症狀（≠病）」正好吻合。

歐洲現已統稱為歐盟，雖然因為國家多難免會產生國情上的差異，但基本上他們都會將化妝品中較偏醫藥品性質的產品視為藥品而非化妝品。

法國與日本鄰近國家的情況

以法國為例，雖然允許民眾購買藥品，但必須先接受藥局的藥劑師診斷才能購買。因為藥局內販售的成藥都是在很嚴格的限制下所製造，即便是生髮劑效果也很顯著，且可能產生副作用，所以必須更加小心謹慎。

此外，還有一種名為「Parapharmacie」（類似藥妝店）的店，販售的商品是醫藥品。但商品都陳列在貨架上，消費者不必接受藥劑師的診斷就能自由購入。據說有專門設置Parapharmacie區的百貨公司及超市。

總之對歐盟國家的人來說，生髮劑和美白化妝品都不是醫藥品，只是化妝品。因此，據說日本廠商製造的產品從未在歐盟國家販售過（也沒聽說有人看過這兩種產品）。

雖然厚生省醫藥部將藥用化妝品翻譯成「Quasi Drug（假藥）」，但假藥還真的不是藥（我知道有點難笑啦）。

另一方面，在韓國因採行功能性化妝品的制度，假如是美白化妝品就會寫明是美白的藥品，這相當於化妝品。在台灣和中國也定位成化妝品，不像日本刻意冠上藥用化妝品的名稱。

在日本像藥用化妝品一樣享有特權的部分化妝品，政府單位的理由是「因為會對皮膚造成重大影響，製造與銷售上會嚴格限制，若通過規定便可獲得許可」。

不過，根據前文所述藥用化妝品和化妝品都是同等級的商品不是嗎。這樣的歪理實在令人難以接受。

如果那些產品真的會對皮膚造成重大影響，不是更該為了表示負責的態度，比化妝品更早遵循藥事法實行全成分標示制，標示上也要依濃度的多寡進行排序不是嗎。

日本既然是先進國家早該這麼做。相信再過不久就會有人站出來提出正確的主張，屆時日本也將開始朝國際化邁進。

第六章重點整理

1.全世界只有日本有藥用化妝品（藥妝品）。
2.藥用化妝品與化妝品的內容相同。差別只在廣告的表現規定上。
3.化妝品需依藥事法的規定做全成分標示。藥用化妝品則採業界的自主規制。
4.藥用化妝品和化妝品的成分標示規定不同，確認時要多加留意。
5.國外的化妝品以藥用化妝品的名義輸入至日本時，不會特別確認其安全性。
6.雖然使用規定成分的藥用化妝品較安全，但廠商為了提高效果會再添加大量的界面活性劑，這點請各位牢記。

結語 應該使用怎樣的化妝品呢？

「已經做了成分標示，因此我們概不負責」廠商的主張

本書已重點歸納出怎樣的化妝品對人體有害。也提醒各位選擇化妝品時應該注意哪些重點。最後更提出請各位不要對藥用化妝品抱以期待。

書中對日本的政府機關做了不少批評，關於這點我本身也稍稍反省了一下，不過要是政府官員能夠更可靠一些，或許市場上就會有更好的化妝品出現。因此，我由衷地希望可以恢復到二十世紀末的種別許可名稱制度……，縱使可能性不大。

二〇〇六年四月一日藥用化妝品開始實施全成分標示制，由於有兩年的緩衝期，實際上所有的藥用化妝品等於是從二〇〇八年四月一日才施行全成分標示制，甚至大部分的藥用化妝品都還沒做好準備。而且因為採自主基準而非強制規定，究竟有多少廠商真的會照做呢。

我常被問道「實施全成分標示制後，廠商就不能亂用不好的成分了對吧？」坦白說，在日

本這是不可能發生的事。

藥用化妝品可使用負面表列中禁用的高毒性成分，也可使用因具有毒性而被禁用的麴酸（需配合「在適當使用方法下」的條件）。

說到藥用化妝品，多數人都認為它不會使用危險的成分而產生安心感（事實並非如此），以及該類產品是使用有效果的藥品而產生信任感（這是很嚴重的誤解）。正因為了解消費者的心態，化妝品業界才會要求繼續保留藥用化妝品這種僅存於日本的獨特制度。

藥用化妝品與化妝品皆採全成分標示制，所以很危險。說得難聽一點，這麼一來，廠商面對消費者時便可理直氣壯地說「我們已經把所有成分告訴你們了」。

只要用心就能找到正確的情報

因為無法忍受這樣的現況，我與柿葉會的成員們共同發行了「二十一世紀的全成分表示制度很危險！」的會報。有興趣的人不妨找來讀讀看。

關於有廠商將劇毒物質醋酸鉛（Lead Acetate）加在染髮霜裡公然販售一事，我在舊作《傻瓜用的化妝品？》也已做了相關說明。

日本國民生活中心在二〇〇五年六月針對染髮產品向社會大眾提出呼籲，「此類商品有安全上的疑慮，請大家不要購買」。

但，我們柿葉會早在二〇〇一年就已提出「部分美髮廳使用的平行輸入化妝品含有醋酸鉛成分，請多加留意」的警告。

在國民生活中心公開呼籲前，不知道已經有多少人用過染髮產品了。

我想應該是有人注意到成分的標示名稱出現「鉛」而向國民生活中心投書，否則至今這個問題或許仍未被發現。

你我都不是神，自然有很多沒注意到的事與不知道的事。不過，發現錯誤後只要盡快改正就好啦。

現在已是可利用網路查詢全球情報的時代。為了避免受到廠商宣傳時的花言巧語所欺騙，我建議各位應該讓自己具備基本的化妝品知識。

自己的肌膚由自己保護

或許有人會認為藥用化妝品比「不做毒性測試的化妝品來得安全」，但藥用化妝品對皮膚而言「並非安全的化妝品」。

因為號稱具有實際效果（有些廠商會用「預防」二字），故添加的美白劑或生髮成分都必須滲透皮膚才能產生效果。也就是說，藥用化妝品全都以破壞皮膚防護層為前提。

遺憾的是，知道用來破壞皮膚防護層的合成界面活性劑是毒性物質的人至今仍少之又少。因此，我平時才會一再提醒大家「消費者選擇化妝品時一定要先看清楚標示成分」。

常有人問我：「應該買怎樣的化妝品比較好？」但每個人的皮膚狀況都不同，必須使用適合自己肌膚的化妝品，故無法一口斷定「誰就該用怎樣的化妝品」。選擇化妝品應該根據各人的情況。

假設以年齡為考量來思考該使用怎樣的化妝品，以一般二十多歲的女性來說，即便想好要用油溶性成分或水溶性成分的化妝品，有些二十幾歲的女性卻有著四十多歲的皮膚，所以無法讓所有二十多歲的女性都使用該年齡層適用的化妝品。

因此，每當被問到「應該使用怎樣的化妝品」這種問題，我都一律回答「請自行判斷你的皮膚需要怎樣的化妝品」。根據自身的知識去了解化妝品的性質與皮膚的狀態。例如，思考應該選擇哪種油劑製成的乳霜。

面對這樣的問題時，你需要的是能提供「使用這種化妝品會變成乾性肌膚喔。趕快停止使用」的情報來源，像是成分百科或本書都有這樣的功能。

讀完本書後，我想各位或許都已經知道哪些是會對皮膚產生毒性的成分、會破壞皮膚防護層的成分、會溶解或腐蝕蛋白質的成分、會破壞皮膚生態的成分等。

此外，若你的皮膚是不太會分泌皮脂的乾性肌膚，應該使用哪種油劑製成的乳霜比較好，或是容易長粉刺的皮膚又該使用哪種油劑的乳霜比較適合，本書也都有提到相關的建議。

最後，請好好記住你獲得的知識，那麼今後你就不會再因為專櫃小姐說「我幫您檢測一下皮膚的水分（或濕度）。啊，您的皮膚缺乏水分」之類的話而受騙上當。

參考文獻

《牧草・毒草・雜草圖鑑》清水矩宏・宮崎繁・森田弘彥・廣田伸七共著 畜產技術協會
《了解你身邊的藥草與毒》 海老原昭夫著　藥事日報社
《毒草大百科（珍藏版）》奧井真司著 DATA HOUSE

附錄
成分名列表

本表的活用方法

我將比較知名的界面活性劑、合成聚合物、有害添加物表列出來。並且匯整出以下幾點注意事項，希望各位選購化妝品時能夠善加利用。

●表列中的成分是以「常用的成分」為依據，但要注意的並非只有表列中的成分。

●這些成分沒有做毒性判斷。化妝品可從標示順序（濃度）與配合數（是否配合數種成分）推測，故請自行判斷。至於藥用化妝品，因標示名稱與化妝品有異，若廠商刻意想隱瞞某些成分我們也無從得知。

●所謂有害添加物的「有害」，是指大量添加界面活性劑或合成聚合物的化妝品，若皮膚防護層已受到破壞的人，用了含有這些添加物的化妝品「對皮膚會造成危險」。

●「EDTA～」、「PEG-○ COCAMIDE DEA～」、「PEG-○ COCAMIDE」、「～POLYACRYLIC ACID」諸如此類在成分名內有○或～的成分即同屬不同種的成分。

※例

EDTA　EDTA-2Na

PEG-3 COCAMIDE DEA　PEG-20 COCAMIDE DEA

PEG-3 COCAMIDE　PEG-5 COCAMIDE

SODIUM POLYACRYLATE

AMMONIUM POLYACRYLATE

●關於氨基酸系界面活性劑與植物精華萃取物，請參考本書第四、第五章的附表。

●想更進一步了解成分的毒性與用途等，請參考成分百科。

界面活性劑100選

※不包括陽離子系及氨基酸系

※有〇或～的成分即同屬不同種的成分

PCA ISOSTEARATE PEG－〇HYDROGENATED CASTOR OIL
PEG－〇TALLOW GLYCERIDE
PEG－〇GLYCERYL COCOATE
PEG－COCAMIDE
PEG－〇COCAMIDE DEA
PEG／PEG－〇／〇COPOLYMER
ACYL（C12,14）ASPARTIC ACID
ARACHIDYL GLUCOSIDE
PEG－〇 ISOSTEARATE
GLYCERYL ISOSTEARATE
SORBITAN ISOSTEARATE
ISOSTEARETH－〇
ISOCETETH－〇
PEG－〇 OLIVE GLYCERIDES
GLYCERYL OLIVATE
SORBITAN OLIVATE
PEG－〇 OLEATE
SORBITAN OLEATE
POLYGLYCERYL－〇OLEATE
OLETH－〇
SODIUM COCOABUTTERAMPHOACETATE
CAPRAMIDE DEA
CAPRYLYL/CAPRYL GLUCOSIDE
SORBITAN CAPRYLATE
CANDIDA BOMBICOLA／GLUCOSE/METHYL RAPESEEDATE FERMENT
GLYCERYL TALLOWATE
COCAMIDE
COCAMIDE DEA
METHYL COCOYL TAURATE～

COCO BETAINE
COCAMIDE MIPA
COCAMIDOPROPYL AMINE OXIDE
CHOLETH－○
SODIUM SURFACTIN
MYRIST／PALMIDOBUTYL GUANIDINE ACETATE
LANETH－○ ACETATE
PEG－3 DIPALMITATE
DIHYDROXYETHYL STEARYL GLYCINATE
DIHYDROXYETHYL LAURAMINE OXIDE
DIHYDROCHOLETH－○
（C○－○）ACID GLYCOL ESTER
HYDROGENATED COCO GLYCERIDES
HYDROGENATED RAPESEED GLYCERIDES
HYDROGENATED PALM GLYCERIDE
HYDROGENATED PHOSPHATIDYLCHOLINE
HYDROGENATED LYSOLECITHIN
HYDROGENATED LECITHIN
STEARAMIDE～
STEARAMIDOETHYL DIETHYLAMINE
PEG－○STEARATE
PROPYLENE GLYCOL STEARATE
PROPYLENE GLYCOL STEARATE（SE）
GLYCERYL STEARATE
GLYCERYL STEARATE（SE）
SUCROSE STEARATE
STEARETH－○
～STEAROYL HYDROLYZED COLLAGEN
～LAURETH SULFOSUCCINATE
GLYCERYL SESQUIOLEATE
SORBITAN SESQUIOLEATE
CETYL BETAINE

CETEARYL GLUCOSIDE
CETEARETH－○
CETETH－○
CETOLETH－○
SORBETH－○ BEESWAX
PEG－○ TSUBAKIATE GLYCERIDES
DECYLTETRADECETH－○
PEG－○ GLYCERYL TRIOLEATE
TRIDECETH－○
PEG－○ TRIMETHYLOLPROPANE TRIMYRISTATE
NONYL NONOXYNOL－○
NONYL NONOXYNOL－○
HORSEAMIDOPROPYL BETAINE
GLYCOL PALMITATE
GLYCERYL PALMITATE
SUCROSE PALMITATE
POTASSIUM PALMITOYL HYDROLYZED OAT PROTEIN
～PALMITOYL HYDROLYZED WHEAT PROTEIN
POLYGLYCERYL－10 HEPTAOLEATE
POLYGLYCERYL－10 HEPTAHYDROXYSTEARATE
BEHENETH－○
POLYGLYCERYL－○ PENTASTEARATE
POLYSORBATE○
POLOXAMER○
POLOXAMINE○
MYRISTYL BETAINE
POLYGLYCERYL－○ MYRISTATE
MYRETH－○
METHYL GLUCOSE CAPRYLATE／ CAPRATE
SUCROSE COCOATE
SORBITAN COCOATE
COCO GLUCOSIDE

LAURAMIDE～
PEG－○ LAURATE
LAURETH－○
SODIUM LAUROAMPHOACETATE
LANETH－○
GLYCERYL LINOLEATE

陽離子界面活性劑30選

※用語上有特徵

※有○或～的成分即同屬不同種的成分

PG-HYDROXYETHYLCELLULOSE STEARYLDIMONIUM CHLORIDE
PPG－○ DIETHYLMONIUM CHLORIDE
ACETAMIDOPROPYL TRIMONIUM CHLORIDE
（C○）ARTRIMONIUM CHLORIDE
硬化牛脂脂肪酸
STARCH HYDROXYPROPYLTRIMONIUM CHLORIDE
STEARDIMONIUM HYDROXYPROPYL HYDROLYZED WHEAT PROTEIN
HYDROXYPROPYL TRIMONIUM HYDROLYZED CONCHIOLIN PROTEIN
水添水飴－2HYDROXYPROPYLTRIMONIUM CHLORIDE
QUATERNIUM－○
QUATERNIUM－○ HYDROLYZED～（COLLAGEN、WHEAT PROTEIN、SILK）
WHEAT GERMAMIDOPROPYLDIMONIUM HYDROXYPROPYL HYDROLYZED WHEAT PROTEIN
WHEATGERMAMIDOPROPYL ETHYLDIMONIUM ETHOSULFATE
DI－C○－○ ALKYL DIMONIUM CHLORIDE
DI－C12－20 ALKYL DIMONIUM CELLULOSE SULFATE
DICOCODIMONIUM CHLORIDE
DISTEAROYLETHYL HYDROXYETHYLMONIUM METHOSULFATE
DIMETHYLPABAMIDOPROPYL LAURDIMONIUM TOSYLATE
STEARAMIDOPROPYL PG－DIMONIUM CHLORIDE PHOSPHATE
STEARTRIMONIUM SACCHARINATE
STEARTRIMONIUM BROMIDE

STEARDIMONIUM HYDROXYPROPYL HYDROLYZED～
TALLOWTRIMONIUM CHLORIDE
COCAMIDOPROPYL PG－DIMONIUM CHLORIDE PHOSPHATE
BABASSUAMIDOPROPALKONIUM CHLORIDE
HYDROXYETHYL BEHENAMIDOPROPYL DIMONIUM CHLORIDE
HYDROXYPROPYLTRIMONIUM HYDROLYZED～
PLATONIN
POLYQUATERNIUM－○POLYQUATERNIUM－49

合成聚合物90選

※有○或～的成分即同屬不同種的成分

PEG－○
PEG－○M
PPG－○
（VA／STYRENE ）COPOLYMER
（VP／VINYL CAPROLACTAM／DMAPA ACRYLATES） COPOLYMER
（ACRYLAMIDE／SODIUM ACRYLOYLDIMETHYLTAURATE） COPOLYMER
AMP－ACRYLATES COPOLYMER
（ACRYLATES／BEHENYL ACRYLATE／DIMETHICONE ACRYLATE） COPOLYMER
（ACRYLATES／STEARETH－20 ITACONATE）COPOLYMER
ACRYLATES CROSSPOLYMER
（ADIPIC ACID／NEOPENTYL GLYCOL／TRIMELLITIC ANHYDRIDE） COPOLYMER
（ASPARTIC ACID ACRYLAMIDE／ASPARTIC ACID AMIDOPROPYL BETAINE／ SUCCINIMIDE）COPOLYMER
（BRASSICA CAMPESTRIS／ALEURITES FORDI OIL）COPOLYMER
ACID COPOLYMER CASTORATE－○
DIMETHICONE COPOLYOL ISOSTEARATE
VP／EICOSENE COPOLYMER
ETHYLCELLULOSE

（ETHYLENE／METHACRYLATE） COPOLYMER
○－EPOXY RESIN
～STARCH OCTENYLSUCCINATE
PPG－3 PEG－20 SUCCINATE
PPG－○ OLEATE
架橋型METHYL PHENYL POLYSILOXANE
（HYDROLYZED WHEAT PROTEIN／PVP）CROSSPOLYMER
CARBOXYVINYL POLYMER
CARBOXYMETHYL CHITIN
CARBOXYMETHYL CHITOSAN
CALCIUM CARBOXYMETHYL CELLULOSE
CARBOMER
～CARBOMER
CHITOSAN LACTATE
GLYCERETH－○
CELLULOSE ACETATE BUTYRATE
SUCCINOYL ATELOCOLLAGEN
SUCCINOYL HYDROLYZED CONCHIOLIN PROTEIN
CYCLOPENTASILOXANE
（HYDROLYZED KERATIN、COLLAGEN、SILK）PG-PROPYL METHYL
SILANEDIOL
DIVINYLDIMETHICONE／ DIMETHICONE COPOLYMER
DIPHENYL AMODIMETHICONE
（DIPHENYL DIMETHICONE／VINYL DIPHENYL DIMETHICONE／SILSESQUIOXANE）CROSSPOLYMER
DIMETHICONOL
DIMETHICONOL BEESWAX
DIMETHICONE
DIMETHICONE CROSSPOLYMER
DIMETHICONE COPOLYOL
DIMETHICONE COPOLYOL BEESWAX
PHENETHYL DIMETHICONE

DIMETHICONOL FLUOROALCOHOL DILINOLEIC ACID
HYDROGENATED C6－14 OLEFIN POLYMERS
HYDROGENATED POLYDECENE
（STYRENE／ACRYLAMIDE）COPOLYMER
（STYRENE／VP）COPOLYMER
HYDROXYPROPYL METHYLCELLULOSE STEAROXY ETHER
DISODIUM DIMETHICONE COPOLYOL SULFOSUCCINATE
CETYL HYDROXYETHYLCELLULOSE
CETEARYL METHICONE
CETOXY METHYL POLYSILOXANE
SODIUM CARBOXYMETHYL STARCH
TRIETHOXYSILYLETHYL POLYDIMETHYLSILOXYETHYL DIMETHICONE
TRIFLUOROPROPYL DIMETHICONOL
（TRIFLUOROPROPYL DIMETHICONE／TRIFLUOROPROPYL DIVINYL
DIMETHICONE）CROSSPOLYMER
TRIMETHICONE
TRIMETHYLSILYL PULLULAN
（TRIMETHYLPENTANEDIOL／ADIPIC ACID／ISONONANOIC ACID）COPOLYMER
NYLON－〇
（NYLON-611／DIMETHICONE）COPOLYMER
PERFLUOROCAPRYLYL TRIETHOXYSILYLETHYL METHICONE
HYDROXYETHYL CHITOSAN
HYDROXYETHYLCELLULOSE
HYDROXYPROPYL XANTHAN GUM
HYDROXYPROPYL GUAR
HYDROLYZED WHEAT PROTEIN PG-PROPYL SILANETRIOL
HYDROXYPROPYL METHYLCELLULOSE
（VP／VA）COPOLYMER
ETHYL ESTER OF PVM/MA COPOLYMER
CASTORATE PPG－5・5
GLYCERIN/SUCCINIC ACID COPOLYMER CASTORATE
PHENYL DIMETHICONE

PHENYL TRIMETHICONE
PHENYL METHICONE
CORN STARCH MODIFIED
POTATO STARCH MODIFIED
POLYACRYLAMIDE
POLYACRYLAMIDOMETHYLPROPANE SULFONIC ACID
POLYACRYLIC ACID
～POLYACRYLIC ACID
POLYACRYLAT－○
POLYISOPROPYLACRYLAMIDE
POLYVINYL ACETATE

有害添加物100選

※不包括香料、精油、植物精華萃取物
※粗字為化妝品不可使用的危險成分
※有○或～的成分即同屬不同種的成分

2－AMINO－6－CHLORO－4－NITROPHENOL　<染髮劑>
4－HYDROXYPROPYLAMINO－3－NITROPHENOL　<染髮劑>
BHA　<氧化防止劑>
BHT　<氧化防止劑>
DMDM HYDANTOIN　<殺菌劑>
EDTA～　<螯合劑>
HC～○　<染髮用色素>
HEDTA－3Na　<螯合劑>
PABA　<紫外線吸收劑>
BUTYL METHOXYDIBENZOYLMETHANE　<紫外線吸收劑>
ACETONE　<溶劑>

BENZOIC ACID　＜防腐劑＞
～BENZOIC ACID　＜防腐劑＞
IMIDAZOLIDINYL UREA　＜防腐劑＞
UNDECYLENIC ACID　＜防腐劑＞
ESTRADIOL　＜雌激素＞
ETHYNYLESTRADIOL　＜ESTRADIOL誘導體＞
ETHYL PABA　＜紫外線吸收劑＞
BASIC～○　＜染髮劑＞
BISMUTH OXYCHLORIDE　＜顏料、提高亮度劑＞
BENZOPHENONE　＜紫外線吸收劑＞
OCTOCRYLENE　＜紫外線吸收劑＞
GLYCERYL PABA　＜紫外線吸收劑＞
CLIMBAZOLE　＜殺菌劑、去除皮屑＞
CHLORHEXIDINE DIGLUCONATE　＜防腐劑＞
MIXED CRESOLS　＜防腐劑＞
CLOFLUCARBAN　＜防腐劑、止汗劑＞
CHLORAMINE T　＜防腐劑＞
CHLOROXYLENOL　＜防腐劑、除臭劑＞
P－CHLORO－M－CRESOL　＜防腐劑、防霉劑＞
CHLORPHENESIN　＜防腐劑＞
CHLORHEXIDINE　＜防腐劑、止汗劑＞
CHLORHEXIDINE DIHYDROCHLORIDE　＜防腐劑、口腔保養劑＞
P－CHLOROPHENOL　＜防腐劑＞
CHLOROBUTANOL　＜防腐劑＞
4－CHLORORESORCINOL　＜染髮劑＞
LEAD ACETATE　＜染髮劑＞
SALICYLIC ACID　＜防腐劑、抑制皮屑＞
OCTYL SALICYLATE　＜紫外線吸收劑＞
PHENYL SALICYLATE　＜紫外線吸收劑＞
HEXAMIDINE DIISETHIONATE　＜防腐劑＞
DIISOPROPYL ETHYL CINNAMATE　＜紫外線吸收劑＞

DIISOPROPYL METHYL CINNAMATE　＜紫外線吸收劑＞
CINOXATE　＜紫外線吸收劑＞
BISMUTH SUBGALLATE　＜收斂劑＞
DIMETHYL OXOBENZO DIOXASILANE　＜紫外線吸收劑＞
GLYCERYL ETHYLHEXANOATE DIMETHOXYCINNAMATE　＜紫外線吸收劑＞
ETHYLHEXYL DIMETHOXYBENZYLIDENE DIOXOIMIDAZOLIDINE PROPIONATE　＜紫外線吸收劑＞
O－CYMEN－5－OL　＜防腐劑＞
SILVER NITRATE　＜防腐劑、收斂劑＞
ZINC PYRITHIONE　＜防腐劑＞
ZEOLITE　＜防腐劑、除臭劑＞
SORBIC ACID　＜防腐劑＞
THIANTHOL　＜防腐劑＞
TIOXOLONE　＜防腐劑＞
CALCIUM THIOGLYCOLATE　＜除毛劑＞
ETHANOLAMINE THIOGLYCOLATE　＜除毛劑＞
THIOLACTIC ACID　＜除毛劑＞
THYMOL　＜防腐劑＞
THEOPHYLLINE　＜劇藥指定醫藥品、植物毒＞
DEHYDROACETIC ACID　＜防腐劑＞
SODIUM DEHYDROACETATE　＜防腐劑＞
TEREPHTHALYLIDENE DICAMPHOR SULFONIC ACID　＜紫外線吸收劑＞
TRICLOCARBAN　＜防腐劑、除臭劑＞
TRICLOSAN　＜防腐劑、除臭劑＞
TOLUENE　＜溶劑＞
DROMETRIZOLE　＜紫外線吸收劑＞
DROMETRIZOLE TRISILOXANE　＜紫外線吸收劑＞
HYDROQUINONE　＜漂白劑＞
ISOPROPYL METHOXYCINNAMATE　＜紫外線吸收劑＞
BIS－ETHYLHEXYLOXYPHENOL METHOXYPHENYL TRIAZINE＜紫外線吸收劑＞
P－HYDROXYANISOLE　＜氧化防止劑＞
HYDROXY OXOBENZOXATHIOL　＜防腐劑、收斂劑＞

HINOKITIOL ＜防腐劑＞
SODIUM HINOKITIOL ＜防腐劑＞
PHENOL ＜防腐劑＞
ZINC PHENOLSULFONATE ＜防腐劑、收斂劑＞
PHENOXYETHANOL ＜防腐劑＞
（ISOBUTYL、ISOPROPYL、ETHYL、BUTYL、PROPYL、BENZYL、METHYL）～PARABEN ＜防腐劑＞
BUMETRIZOLE ＜紫外線吸收劑＞
PROPIONIC ACID ＜防腐劑＞
～PROPIONIC ACID ＜防腐劑＞
DISPERSE～○ ＜染髮劑＞
HEXACHLOROPHENE ＜防腐劑＞
SODIUM HEXAMETAPHOSPHATE ＜防腐劑＞
PENTETIC ACID ＜螯合劑、氧化防止劑＞
PENTASODIUM PENTETATE ＜螯合劑、氧化防止劑＞
SILVER BOROSILICATE ＜防腐劑＞
SODIUM BORATE ＜防腐劑＞
HOMOSALATE ＜紫外線吸收劑＞
EPICAUTA GORHAMI EXTRACT ＜刺激＞
METHYLISOTHIAZOLINONE ＜防腐劑、防霉劑＞
METHYLENE BIS－BENZOTRIAZOLYL TETRAMETHYLBUTYLPHENOL＜紫外線吸收劑＞
ETHYLHEXYL METHOXYCINNAMATE ＜紫外線吸收劑＞
MORPHOLINE ＜防腐劑、殺蟲劑＞
DIMETHYLAMINOSTYRYL HEPTYL METHYL THIAZOLIUM IODIDE＜防腐劑、著色劑＞
SILVER SULFATE ＜染髮劑、醫藥用外劇物＞
COPPER SULFATE ＜顏料、醫藥用外劇物＞
RESORCINOL ＜防腐劑＞

日本厚生省指定公布化妝品成分

成分名	用途	毒性/危險性
BENZOIC ACID	防腐/保存/殺菌	會刺激皮膚、黏膜、眼、鼻、咽喉。不慎誤食會引起胃部障礙。過量將引發過敏狀態、尿失禁、痙攣、運動失調、癲癇等強烈的急性中毒症狀
ICHTHAMMOL	消炎	
ZINC UNDECYLENATE	殺菌	皮膚毒性較弱，不慎誤食會引起頭痛、腹痛、頭暈目眩等症狀
UNDECYLENAMIDE MEA	殺菌、防腐	同上
LANOLIN OIL	乳化成分	接觸性皮膚發疹、過敏性皮膚炎
EDTA	殺菌、防腐	會刺激皮膚、黏膜，引起氣喘、皮膚起疹等過敏反應。不慎誤食將引發缺鈣症、血壓下降、腎臟障礙
BEHENTRIMONIUM CHLORIDE	界面活性劑	針對副交感神經系統會出現類似乙醯膽鹼的刺激作用，促使平滑肌的緊繃，導致內臟器官收縮僵硬，出現食道、胃腸的痙攣，感到噁心、嘔吐、出汗
DISTEARYLDIMONIUM CHLORIDE	柔軟毛髮、防止靜電 界面活性劑	通常不會造成刺激，但濃度太高會傷害皮膚
硬化牛脂脂肪酸	柔軟毛髮、防止靜電 界面活性劑	同上
STEARTRIMONIUM CHLORIDE	柔軟毛髮、防止靜電 界面活性劑	同上
CETRIMONIUM CHLORIDE	界面活性劑	會刺激皮膚、黏膜、眼，導致黏膜的壞死。不慎誤食有致死的可能
CETYLPYRIDINIUM CHLORIDE	殺菌、除臭 界面活性劑	會刺激皮膚、黏膜、眼，導致黏膜的壞死。不慎誤食有致死的可能
BENZALKONIUM CHLORIDE	殺菌、柔軟毛髮、防止靜電	有報告指出，不慎進入眼睛會引發過敏性結膜炎
BENZETHONIUM CHLORIDE	殺菌、界面活性劑	皮膚毒性較弱，不慎誤食會引起噁心、想吐、嘔吐、痙攣、虛脫、昏睡等症狀

LAURTRIMONIUM CHLORIDE	界面活性劑	針對副交感神經系統，會出現類似乙醯膽鹼的刺激作用，促使平滑肌的緊繃，導致內臟器官收縮僵硬，出現食道、胃腸的痙攣，感到噁心、嘔吐、出汗
LYSOZYMEL CHLORIDE	殺菌、防腐	起疹、發紅、食欲不振、胃部不適感、噁心、嘔吐、腹瀉、口內炎
ALKYLDIAMINOETHYLGLYCINE HYDROCHLORIDE	殺菌、除臭、洗淨	發育停滯、肌酸尿症、白血球減少
CHLORHEXIDINE DIHYDROCHLORIDE	殺菌	強烈的鹼性反應、皮膚毒性較弱
DIPHENHYDRAMINE HCL	殺菌	皮膚會出現過敏反應。不慎誤食會引起睡意、頭暈目眩、口渴、噁心、嘔吐、神經過敏、溶血性貧血、氣喘。過量時將引發痙攣、昏睡、呼吸及末梢血管衰弱、虛脫、死亡。
BENZOPHENONE-3	紫外線吸收劑 防止褪色	皮膚吸收後會產生急性致死毒性。不慎少量誤食時會引起噁心、想吐的症狀；過量的話會引發循環系統的衰弱、虛脫、呼吸亢進、麻痺、痙攣、口及胃腸的壞死、黃疸、呼吸困難與因心臟停止而死亡
O-PHENYLPHENOL	殺菌、防腐	腐蝕皮膚、黏膜，導致突變、致癌性。不慎誤食會引起肝臟障礙、紅素血量的下降、腎臟或尿細管的異常、體重減輕、壽命縮短
CATECHOL	染料	具皮膚的腐蝕性。不慎誤食會引起痙攣
HYDROGENATED LANOLIN	乳化補助	接觸性皮膚發疹、過敏性皮膚炎
CANTHARIDES TINCTURE	髮根、頭皮刺激劑、止癢劑	會刺激皮膚、黏膜，出現充血、發燒的症狀。一般認為有引起性衝動的效果。不慎誤食會引發強烈的胃腸障礙、腎臟障礙及致死性
GUAIAZULENE	消炎、紫外線吸收劑	弱毒性
CHLORHEXIDINE DIGLUCONATE	殺菌、防腐	少部分的人會起疹，會引起噁心、頭暈目眩等過敏症狀
MIXED CRESOLS	殺菌、防腐	若被皮膚吸收會起疹。不慎誤食會引起消化不良、神經失調，頭暈目眩、精神異常、黃疸、尿毒症

CHLORAMINE T	殺菌	會刺激皮膚、黏膜，引發過敏反應
CHLOROXYLENOL	殺菌	會刺激皮膚、黏膜，引起麻疹等起疹症狀。具腐蝕性，被指出有致癌的可能
P-CHLORO-M-CRESOL	防腐	請參照甲酚
CHLORPHENESIN	殺菌、防腐	刺激性強烈
CHLOROBUTANOL	防腐	有報告指出會導致皮膚炎。若不慎誤食會引起噁心、嘔吐、胃炎。過量誤食將引發精神錯亂、昏睡、呼吸及心臟功能下降
TOCOPHERYL ACETATE	防止氧化	弱毒性
LANETH-9 ACETATE	乳化	弱毒性
ACETYLATED LANOLIN	油性原料	接觸性皮膚發疹、過敏性皮膚炎
ACETYLATED LANOLIN ALCOHOL	油性原料	接觸性皮膚發疹、過敏性皮膚炎
SALICYLIC ACID	防腐	會刺激皮膚、黏膜。具腐蝕性，會引起發疹、角膜剝離。不慎誤食會引發嘔吐、腹瀉、腹痛、呼吸亢進、精神不安、食欲減退、亢奮及死亡
DIPA	乳化	會刺激皮膚、黏膜
DIETHANOLAMINE	乳化	會刺激皮膚、黏膜、眼、皮膚。請參照乙醇胺
CINOXATE	紫外線吸收	發起過敏性皮膚發疹
BHT	防止氧化	引起皮膚炎、過敏症狀。不慎誤食會引發血清膽固醇上升，具致癌性另有染色體突變、體重下降、掉髮等症狀
CETRIMONIUM BROMIDE	界面活性劑	皮膚毒性弱，不慎誤食會引起噁心、嘔吐、痙攣、昏睡
ZINGIBER OFFICINALE (GINGER) ROOT EXTRACT	髮根、頭皮刺激劑、止癢劑	弱毒性
氫添加物LANOLIN ALCOHOL	乳化補助	接觸性皮膚發疹、過敏性皮膚炎
ISOSTEARYL ALCOHOL	乳化成分、界面活性劑	弱毒性
CETYL ALCOHOL	乳化成分	弱毒性
SODIUM CETYL SULFATE	乳化、洗淨、起泡	弱毒性

CETEARYL ALCOHOL	乳化	弱毒性
SHELLAC	主劑	弱毒性
SORBIC ACID	防腐	會刺激黏膜，與亞硝酸反應會產生致癌物質
焦油色素	著色	有報告指出，多數的焦油色素都具致癌性，偶氮基色素被皮膚吸收的話會引起過敏反應，是導致黑皮症的原因。會造成突變及具致癌性。此外，植物黃質色素因光的存在，會刺激皮膚，出現紅疹等毒性反應，會造成突變及具致癌性
偶氮基色素		
THYMOL	殺菌	會引起皮膚的過敏反應，不慎誤食會引起嘔吐、腹瀉、頭暈、心臟功能下降、頭痛、耳鳴、蛋白尿、循環器官障礙
THIRAM	殺菌	會刺激皮膚、黏膜、胃、喉嚨，有報告指出會引起過敏性接觸濕疹
DEHYDROACETIC ACID	防腐	皮膚毒性弱，不慎誤食會引起嘔吐、痙攣、肝臟功能障礙
RUBBER LATEX	主劑	會刺激皮膚、黏膜
CAPSICUM FRUTESCENS FRUIT EXTRACT	髮根、頭皮刺激劑、止癢劑	會刺激皮膚刺激，不慎誤食會引起嘔吐、腹瀉、腹痛
TOCOPHERYL-dl-α	防止氧化	弱毒性
ASTRAGALUS GUMMIFER GUM	乳化、懸濁	會引發過敏反應。不慎誤食會引起腹痛、氣喘
TRIISOPROPANOLAMINE	乳化	因為會隔絕脂肪，所以皮膚會變得乾燥粗糙
TEA	乳化	從皮膚被吸收，皮膚、粘膜、眼睛。 有致癌性的報告
TRICLOSAN	殺菌、防腐	有變化成致癌物質的報告
TRICLOCARBAN	殺菌、防腐	弱毒性
BENZYL NICOTINATE	殺菌、防腐	會引起食欲不振、胸悶、肝臟障礙、心悸、面潮紅
Esters of p-hydroxybenzoic acid	紫外線吸收劑	會引發接觸性皮膚炎、過敏性濕疹 不慎誤食會引起噁心、嘔吐、藥物發疹、發燒、肝炎

P-CHLOROPHENOL	殺菌、消毒	具致癌性
PARAFFIN	油性原料	會引起濕疹，具致癌性
PARABEN	防腐	會引發接觸性皮膚炎、過敏性濕疹 不慎誤食的話會引起噁心、嘔吐、藥物發疹、發燒、肝炎
CLOFLUCARBAN	殺菌、防腐	弱毒性
2-(2-Hydroxy-5-methylphenyl) BENZOTRIAZOLE	紫外線吸收劑	弱毒性
PYROGALLOL	殺菌	會刺激皮膚、黏膜，若被皮膚吸收會引起中毒死亡，使肝臟、腎臟發生激烈障礙，導致昏睡、虛脫、死亡
PHENOL	殺菌、消毒	會刺激皮膚、黏膜，引起麻疹等皮膚的發疹。腐蝕皮膚、黏膜，若被皮膚吸收，有可能中毒死亡，具致癌性
BHA	防止氧化	皮膚毒性弱，不慎誤食會引起步行障礙、呼吸亢進、消化器官的出血潰瘍以及致癌的可能
PG PROPYLENE GLYCOL	殺菌、乳化、保濕	會引起接觸性皮膚炎。不慎誤食會引起腎臟障礙與知覺異常。有報告指出會導致染色體異常
HEXACHLOROPHENE	殺菌、消毒	會引起皮膚過敏。有報告指出若被皮膚吸收，臉上會出現色素沈澱。因具有毒性不適合孩童使用，美國食品藥品局(FDA)已明文禁止
BENZYL ALCOHOL	殺菌、防腐	會刺激皮膚、黏膜。具腐蝕性。若不慎誤食會引起腹痛
PROPYL GALLATE	防止氧化	有報告指出會造成體重減輕、成長遲緩、染色體異常
POLYETHYLENE GLYCOL（簡稱PEG，平均分子量600以下）	主劑	皮膚毒性弱。不慎誤食會發起肝臟、腎臟障礙，且有報告指出具毒性、致癌性
PEG-5 LANOLIN	油性原料	弱毒性
LANETH-5	調整、乳化	弱毒性

HORMON ESTRO、ESTRADIOL、ETHYNYLESTRADIOL、CORTISONE ACETATA、DIETHYLSTILBESTROL、HYDROCOTISONE、PREDNISOLONE、HEXESTROL	活化細胞	美國醫學協會否荷爾蒙霜的抗老化效果，認為荷爾蒙具重大的藥理作用，有強烈的藥品副作用及致癌性
ISOPROPYL MYRISTATE	油性原料	弱毒性
LAURDIMONIUM	起泡、洗淨	因為會隔絕脂肪，所以皮膚會變得乾燥粗糙
SODIUM LAUROYL SARCOSINATE	起泡、洗淨、殺菌	弱毒性
LANOLIN OIL	乳化	接觸性皮膚發疹、過敏性皮膚炎
LANOLIN ALCOHOL	乳化補助	接觸性皮膚發疹、過敏性皮膚炎
ISOPROPYL LANOLATE	乳化補助	接觸性皮膚發疹、過敏性皮膚炎
LANOLATE	乳化補助	接觸性皮膚發疹、過敏性皮膚炎
RESORCINOL	殺菌、防腐	會刺激皮膚、黏膜。被皮膚被吸收後會引起發紫、昏睡、致死性腎臟障礙。有致死的危險
ROSIN	黏著	會刺激皮膚、黏膜，引發接觸性皮膚炎

國家圖書館出版品預行編目資料

騙人的化妝品/小澤王春著；連雪雅譯.--第一版.--
台北市：樂果文化，2010.05
面；　公分 --（樂健康；2）
譯自：騙す化粧品
ISBN 978-986-86181-0-7(平裝)
1.化妝品
466.7　　　　99006232

樂健康 002

騙人的化妝品

作　　者／小澤王春
譯　　者／連雪雅
行銷企劃／李麗斐
封面設計／蕭雅慧
內頁設計／陳健美
總 編 輯／曾敏英

出　　版／樂果文化事業有限公司
社　　址／台北市 105 民權東路三段 144 號 223室
讀者服務專線：（02）2545-3977
傳真：（02）2545-7773
直接郵撥帳號／50118837 號　樂果文化事業有限公司
印　　刷／卡樂彩色製版印刷有限公司
總 經 銷／紅螞蟻圖書有限公司
地　　址／台北市內湖區舊宗二路 121巷28．32 號 4樓
電話：（02）27953656
傳真：（02）27954100

2010年 5月第一版　　定價／**300 元**　　ISBN 978-986-86181-0-7